KB177756

소
년
이

온
다

소년이 온다

초판 1쇄 발행 • 2014년 5월 19일
초판 184쇄 발행 • 2025년 1월 6일

지은이 / 한강
펴낸이 / 염종선
책임편집 / 김선영
펴낸곳 / (주)창비
등록 / 1986년 8월 5일 제85호
주소 / 10881 경기도 파주시 회동길 184
전화 / 031-955-3333
팩시밀리 / 영업 031-955-3399 · 편집 031-955-3400
홈페이지 / www.changbi.com
전자우편 / lit@changbi.com

ⓒ 한강 2014
ISBN 978-89-364-3412-0 03810

* 이 책 내용의 전부 또는 일부를 재사용하려면
  반드시 저작권자와 창비 양측의 동의를 받아야 합니다.
* 책값은 뒤표지에 표시되어 있습니다.

소년이 온다

한강 장편소설

창비

차례

1장
어린 새

비가 올 것 같아.

너는 소리 내어 중얼거린다.

정말 비가 쏟아지면 어떡하지.

너는 눈을 가늘게 뜨고 도청 앞 은행나무들을 지켜본다. 흔들리는 가지 사이로 불쑥 바람의 형상이 드러나기라도 할 것처럼. 공기 틈에 숨어 있던 빗방울들이 일제히 튕겨져나와, 투명한 보석들같이 허공에 떠서 반짝이기라도 할 것처럼.

너는 눈을 크게 떠본다. 좀 전에 가늘게 떴을 때보다 나무들의 윤곽이 흐릿해 보인다. 언젠가 안경을 맞춰야 하려나. 네모난 밤색 뿔테 안경을 쓴 작은형의 부루퉁한 얼굴이 떠올랐다가, 분수대 쪽에서 들려오는 함성과 박수 소리에 묻혀 희미해진다. 여름이면 콧잔등을 타고 자꾸 안경이 흘러내린다고, 겨울엔 실내에 들어갈 때마다 안경알에 김이 서려 아무것도 안 보인다고 작은형이 그랬는데. 더이상 눈이 안 나빠져서 안경을 안 쓸 순 없을까.

좋은 말로 할 때 들어. 당장 집에 들어와.

단단히 화가 나 있던 작은형의 목소리를 털어내버리려고 너는 고개를 흔든다. 마이크를 쥔 젊은 여자의 카랑카랑한 음성이 분수대 앞 스피커에서 울려온다. 네가 걸터앉은 상무관 출입계단에서는 분수대가 보이지 않는다. 멀리서나마 추도식을 보려면 건물 오른편으로 돌아나가야 한다. 굳이 그렇게 하지 않고 너는 여자의 목소리에 귀 기울인다.

여러분, 적십자병원에 안치되었던, 사랑하는 우리 시민들이 지금 이곳으로 들어오고 있습니다.

여자의 선창으로 애국가가 시작된다. 수천사람의 목소리가 수천미터의 탑처럼 겹겹이 쌓아올려져 여자의 목소리를 덮어버린다. 무겁디무겁게 올라가다가 절정에서 결연히 쓸려내려오는 그 곡조를, 너도 낮은 목소리로 따라 부른다.

오늘 적십자병원에서 오는 죽은 사람들은 모두 몇이나 될까. 네가 아침에 물었을 때 진수 형은 짧게 대답했다. 한 서른명 될 거다. 저 무거운 노래의 후렴이 다시 까마득한 탑처럼 쌓아올려졌다가 쓸려내려오는 동안, 서른개의 관들이 차례로 트럭에서 내려질 것이다. 아침에 네가 형들과 함께 상무관에서 분수대 앞까지 날라놓은 스물여덟개의 관들 옆에 나란히 놓일 것이다.

상무관에 있는 여든세개의 관들 중 아직 합동추도식을 치르지 않은 것은 모두 스물여섯이었는데, 어제저녁 두 가족이 나타나 시신을 확인하고 급히 입관을 해 스물여덟이 되었다. 너는 장부에다 그들의 이름과 관 번호를 덧붙여 쓴 뒤, 긴 괄호로 목록을 묶고 '합동추도식 3'이라고 적었다. 다음 추도식을 할 때 같은 관이 또 나가지 않으려면 잘 기록해둬야 한다고 진수 형이 당부했기 때문이다. 이번만은 너도 추도식에 참석하고 싶었지만, 그는 너에게 상무관에 남으라고 했다.

그사이에 누가 찾아올지 모르잖아. 잘 지키고 있어.

함께 일하던 형들과 누나들은 모두 추도식에 갔다. 여러 밤을 관 앞에서 새운 유족들은 왼쪽 가슴에 검은 리본을 꽂고, 몸속에 모래나 헝겊을 채운 허재비들처럼 느릿느릿 관을 따라 나갔다. 마지막까지 남아 있던 은숙 누나는 네가 괜찮다고, 어서 가보라고 말하자 덧니를 살짝 보이며 웃었다. 그 덧니 때문에, 어색하거나 미안해서 억지로 웃을 때도 그녀의 표정은 어딘가 장난스러워 보였다.

그럼, 시작만 보고 금방 올게.

혼자 남은 너는 상무관 출입계단에 걸터앉았다. 검은색 마분지로 앞뒤 표지를 댄 장부를 무릎에 올려놓았다. 연한 하늘색 체육복 바지 아래로 느껴지는 시멘트 계단이 차가웠다. 체육복 위에 걸친 교련복 단추를 끝까지 잠그고 단단히 팔짱을 꼈다.

무궁화 삼천리 화려강산

따라 부르다 말고 너는 멈춘다. 화려강산, 하고 되뇌어보자 한문 시간에 외웠던 '려' 자가 떠오른다. 이젠 맞게 쓸 자신이 없는, 유난히 획수가 많은 한자다. 꽃이 아름다운 강산이란 걸까, 꽃같이 아름다운 강산이란 걸까? 여름이면 마당가에서 네 키보다 높게 솟아오르는 접시꽃들이 글자 위로 겹쳐진다. 하얀 헝겊 접시 같은 꽃송이들을 툭툭 펼쳐올리는 길고 곧은 줄기들. 제대로 떠올리고 싶어서 눈을 감는다. 가늘게 눈을 뜨자 도청 앞 은행나무들은 여전히 바람에 흔들리고 있다. 아직 한방울의 비도 바람 사이로 튕겨져나오지 않았다.

*

　애국가가 끝났는데도 아직 관이 정리되지 않았나보다. 군중의 웅성거림 사이로 누군가 울부짖는 소리가 희미하게 들린다. 시간을 벌기 위해선지, 마이크를 쥔 여자가 이번엔 아리랑을 부르자고 한다.

　나를 버리고 가시는 임은
　십리도 못 가서 발병 난다

　울음소리가 잦아들 즈음 여자가 말한다.

먼저 가신 임들을 위해 묵념합시다.

수천사람의 웅성거림이 일제히 멎은 순간, 주변의 정적이 갑자기 도드라지게 느껴져 너는 놀란다. 함께 묵념하는 대신 일어선다. 옆구리에 장부를 끼우고, 반쯤 열어놓은 상무관 출입문을 향해 계단을 오른다. 바지 주머니에서 마스크를 꺼내 쓴다.

초를 태워도 아무 소용 없네.

냄새를 견디며 너는 강당에 들어선다. 날이 흐려 실내는 마치 저녁 무렵 같다. 출입문 쪽으로는 추도식을 마친 관들이 가지런히 모여 있고, 아직 가족이 나타나지 않아 입관을 못한 서른두사람의 몸들은 흰 무명천에 덮인 채 넓은 창 아래 누워 있다. 다 쓴 음료수 병에 꽂은 양초들이 그들의 얼굴 곁에서 조용히 타들어가고 있다.

강당의 안쪽 끝까지 너는 걸어들어간다. 구석 자리에 뉘어놓은 일곱사람의 기름한 형상을 본다. 이들은 정수리까지 완전히 흰 무명천으로 덮어놓고, 젊은 여자나 아이를 찾는 사람들에게만 잠깐씩 얼굴을 보여주고 있다. 모습이 너무 잔인하기 때문이다.

그중에서도 맨 끝 모서리에 있는 사람의 상태가 가장 나쁘다. 처음 네가 보았을 때 그녀는 십대 후반이나 이십대 초반의 자그마한 여자였는데, 썩어가면서 이제는 성인 남자만큼 몸피가 커졌다. 딸이나 여동생을 찾는 사람들을 위해 천을 걷어 보일 때마다 너는 부패의 속도에 놀란다. 여자의 이마부터 왼쪽 눈과 광대뼈와 턱, 맨살이 드러난 왼쪽 가슴과 옆구리에는 수차례 대검으로 그은 자상이 있다. 곤봉으로 맞은 듯한 오른쪽 두개골은 움푹 함몰돼 뇌수가 보인다. 눈에 띄는 그 상처들이 가장 먼저 썩었다. 타박상을 입은 상체의 피멍들이 뒤따라 부패했다. 발톱에 투명한 매니큐어를 바른 발가락들은 외상이 없어 깨끗했지만 시간이 흐르며 생강 덩어리들처럼 굵고 거무스레해졌다. 정강이를 넉넉히 덮었던 물방울무늬 주름치마는 이제 부풀어오른 무릎을 다 덮지 못한다.

너는 출입문으로 돌아온다. 탁자 아래 둔 박스에서 새 양초를 꺼내들고 모서리의 사람에게 돌아간다. 머리맡에서 가물가물 타고 있는 몽당초 불꽃에 새 초의 무명 심지를 기울인다. 불이 옮겨붙자 입김을 불어 몽당초를 꺼버리고, 데지 않게 조심조심 유리병에서 빼낸 뒤 새 초를 꽂는다.

아직 뜨거운 몽당초를 한 손에 쥔 채 너는 허리를 수그리고 있다. 코피가 터질 것 같은 시취를 견디며 초의 불꽃을 들여다본다. 냄새를 태워준다는 반투명한 겉불꽃이 어른어른 타오른다. 주황색 속불꽃은 눈을 홀리듯 따스하게 너울거린다. 그 속에 작은 심장이나 사과 속씨 모양으로 흔들리는, 심지를 둘러싼 파르스름한 불꽃심을 너는 본다.

더는 냄새를 견딜 수 없어 너는 허리를 편다. 어둑한 실내를 둘러보자, 죽은 사람들의 머리맡에서 일렁이는 촛불 하나하나가 고요한 눈동자들처럼 너를 지켜보고 있다.

몸이 죽으면 혼은 어디로 갈까, 문득 너는 생각한다. 얼마나 오래 자기 몸 곁에 머물러 있을까.

더 갈아줘야 할 초들이 없는지 찬찬히 살피며 너는 출입구를 향해 건는다.

산 사람이 죽은 사람을 들여다볼 때, 혼도 곁에서 함께 제 얼굴을 들여다보진 않을까.

강당을 나서기 직전에 너는 뒤돌아본다. 혼들은 어디에도 없다. 침묵하며 누워 있는 사람들과 지독한 시취뿐이다.

*

처음에 저 사람들은 상무관이 아니라 도청 민원봉사실 복도에 누워 있었다. 칼라가 넓은 수피아여고 하복을 입은 누나가 평상복 차림의 또래 누나와 함께 피 묻은 얼굴들을 물수건으로 닦아내고 굽은 팔들을 억지로 펴서 옆구리에 붙여놓으려 애쓰는 모습을 너는 멍하게 지켜보았다.

왜 왔어?

교복 입은 누나가 고개를 들고 마스크를 턱까지 내리며 너에게 물었다. 조금 튀어나온 눈이 귀염성 있게 동그랗고, 양갈래로 땋은 머리에는 곱슬곱슬한 잔머리가 유난히 많았다. 그 머리카락들이 땀에 젖어 이마와 관자놀이에 달라붙어 있었다.

친구 찾으려고요.

피비린내 때문에 코를 막고 있던 손을 내리며 너는 대답했다.

여기서 만나기로 했어?

아니요, 저 사람들 중에……

그럼 확인해봐.

복도 벽을 따라 누운 스무남은사람들의 얼굴과 몸을 너는 차근차근 들여다봤다. 확인을 하려면 잘 들여다봐야 하는데, 오래 눈을 두기 어려워 자꾸 눈을 깜박였다.

없어?

연두색 셔츠 소매를 팔꿈치까지 걷어올린 누나가 허리를 펴며 물었다. 교복 입은 누나와 또래인 줄 알았는데, 마스크를 내린 얼굴을 보니 이십대 초반 같았다. 노릇노릇 핏기 없는 피부에 목이 가늘어 조금 허약해 보였다. 눈매만은 야무져 보였다. 목소리도 또렷했다.

없어요.

전대병원하고 적십자병원 영안실 가봤어?

예.

친구 부모님은 어디 계시고 네가 다녀?

아버지만 계신데 대전서 일하시고, 친구랑 친구 누나 둘이서 우리 집 상하방에서 자취해요.

시외전화 오늘도 안되지?

안돼요, 몇번이나 해봤는데.

그럼 친구 누나는?

그 누나가 일요일부터 안 들어와서 둘이서 찾으러 다녔거든요. 근데 어제 요 앞에서 군인들이 총 쐈을 때, 친구가 맞는 걸 동네 사람이 봤다고 그래서.

교복 입은 누나가 얼굴을 들지 않은 채 끼어들었다.

혹시 다쳐서 입원해 있는 거 아냐?

고개를 흔들며 너는 대답했다.

그랬으면 어떻게든 전화를 했을 건데요. 우리 집에서 걱정할 걸 알 텐데.

연두색 셔츠를 입은 누나가 말했다.

그럼 며칠 더 이쪽으로 와봐. 이젠 시신들이 다 여기로 온대. 총 맞은 사람이 너무 많아서, 병원 영안실엔 자리가 없단다.

총검으로 목이 베어 붉은 목젖이 밖으로 드러난 젊은 남자의 얼굴을 교복 입은 누나가 물수건으로 닦아냈다. 부릅뜬 두 눈을 손바닥으로 힘주어 감겨주고는, 수건을 양동이 물에 헹군 뒤 꽉 비틀어 짰다. 핏물이 후드득 떨어지며 양동이 밖으로 튀었다. 연두색 셔츠를 입은 누나가 양동이를 들고 일어서며 말했다.

너, 시간 있으면 오늘만 우리 도와줄래? 손이 너무 모자라. 어려운 건 아니고…… 저기 끊어다놓은 천 잘라서 저쪽에 있는 사람들 덮어주면 돼. 너처럼 누가 가족을 찾으러 오면 하나씩 걷어서 보여주고. 얼굴들이 많이 상해서, 옷하고 몸까지 봐야 누군지 확인이 될 거야.

그날부터 너는 그녀들과 한조가 되었다. 은숙 누나는 짐작대로 수피아여고 3학년이었다. 연두색 셔츠 소매를 걷어 입은 선주 누나는 충장로에 있는 양장점 미싱사인데, 주인 내외가 대학생 아들을 데리고 영암의 친척집으로 피하는 바람에 갑자기 할 일이 없어졌다고 했다. 피가 부족해 사람들이 죽어간다는 가두방송을 들은 그녀들은 각자 헌혈을 하러 전대 부속병원에 갔고, 시민 자치가 시작된 도청에 일손이 필요하다는 말을 듣고 왔다가 얼결에 시신들을 맡았다고 했다.

키 순서로 자리가 배정되는 교실에서 너는 언제나 맨 앞에 앉는 아이였다. 중학교 3학년이 된 3월부터 변성기가 시작되며 목소리가 약간 낮아지고 키도 꽤 자라줬지만, 아직은 제 나이로 보이지 않았다. 상황실에서 온 진수 형은 너를 처음 보고 놀라며 물었다.

너, 1학년 아니야? 여기 일은 힘든데, 집에 들어가라.

깊게 쌍꺼풀진 눈이며 긴 속눈썹이 여자애처럼 예쁘장한, 서울에서 대학을 다니다 휴교령 때문에 내려왔다는 진수 형에게 너는 대답했다. 아니요, 3학년이에요. 저는 힘든 거 없어요.

사실이었다. 너의 일은 힘들지 않았다. 선주 누나와 은숙 누나는 베니어합판이나 스티로폼 판에 미리 비닐을 깔아놓고 그 위에 죽은 몸들을 눕혔다. 얼굴과 목을 물수건으로 씻고 형클어진 머리칼을 가는 빗으로 정돈한 뒤, 냄새를 막기 위해 몸에 비닐을 둘렀다. 그사이 너는 그들의 성별과 어림잡은 나이, 입은 옷과 신발의 종류를 장부에 기록하고 번호를 매겼다. 갱지 쪽지에다 같은 번호를 적어서 가슴께에 핀으로 꽂아놓은 뒤, 얼굴 아래로 흰 무명 천을 덮고는 누나들과 힘을 합해 벽 쪽으로 밀어놓았다. 도청에서 가장 바쁜 사람처럼 보이는 진수 형은 하루에도 몇번씩 다급한 걸음걸이로 너를 찾아왔는데, 네가 장부에 기록한 인적사항들을 벽보에 써서 도청 정문에 붙이기 위해서였다. 그걸 직접 보거나 전해듣고 나타난 가족들에게 너는 흰 천을 열어 죽은 몸들을 보여주었다. 신원이 확인되면 멀찍이 물러서서 오열의 시간이 지나가길 기다렸다. 너무 험하지 않게만 대강 수습해놓은 시신을, 유족들은 목화솜으로 코와 귀를 막아주고 깨끗하고 좋은 옷으로 갈아입혔다. 그렇게 간단한 염과 입관을 마친 사람들이 상무관으로 옮겨지는 걸 장부에 기록하는 것까지가 너의 일이었다.

그 과정에서 네가 이해할 수 없었던 한가지 일은, 입관을 마친 뒤 약식으로 치르는 짧은 추도식에서 유족들이 애국가를 부른다는 것이었다. 관 위에 태극기를 반듯이 펴고 친친 끈으로 묶어놓는 것도 이상했다. 군인들이 죽인 사람들에게 왜 애국가를 불러주는 걸까. 왜 태극기로 관을 감싸는 걸까. 마치 나라가 그들을 죽인 게 아니라는 듯이.

조심스럽게 네가 물었을 때, 은숙 누나는 동그란 눈을 더 크게 뜨며 대답했다.

군인들이 반란을 일으킨 거잖아, 권력을 잡으려고. 너도 봤을 거 아냐. 한낮에 사람들을 때리고 찌르고, 그래도 안되니까 총을 쐈잖아. 그렇게 하라고 그들이 명령한 거야. 그 사람들을 어떻게 나라라고 부를 수 있어.

전혀 다른 질문에 대한 대답을 들은 것처럼 너는 혼란스러웠다. 그날 오후엔 유난히 신원 확인이 많이 돼, 복도 여기저기서 동시에 입관이 치러졌다. 흐느낌 사이로 돌림노래처럼 애국가가 불려지는 동안, 악절과 악절들이 부딪치며 생기는 미묘한 불협화음에 너는 숨죽여 귀를 기울였다. 그렇게 하면 나라란 게 무엇인지 이해해낼 수 있을 것처럼.

*

이튿날 아침 누나들과 너는 악취가 심한 몸들 몇을 민원실 뒤뜰에 내놓았다. 새로 실려오는 죽은 사람들을 눕힐 공간이 더이상 없었기 때문이다. 언제나처럼 바쁜 걸음으로 상황실에서 건너온 진수 형은 놀라며 물었다.

비가 오면 어쩌려고요?

죽은 사람들로 발 디딜 곳 없는 통로를 당혹한 표정으로 둘러보는 진수 형에게, 마스크를 벗으며 선주 누나가 말했다.

여긴 너무 좁아서 방법이 없어요. 저녁에 시신들이 또 들어올 텐데 어떻게 해요. 상무관 사정은 어때요? 거긴 공간이 있지 않아요?

한시간이 채 지나지 않아 진수 형이 보낸 사람 넷이 왔다. 어디서 수비를 서다 왔는지 어깨에 총을 메고, 전경 부대가 버리고 간 방석모를 쓰고 있었다. 뒤뜰과 통로에 뉘어놓은 몸들을 그들이 트럭에 싣는 동안 너와 누나들은 각자 비품을 챙겼다. 먼저 출발한 트럭을 따라 천천히 상무관을 향해 걸었다. 화창한 오전이었다. 덜 자란 은행나무 아래를 지나며, 이마 언저리까지 내려온 낮은 가지를 너는 뜻 없이 쥐었다 놓았다.

앞장서서 걸어간 은숙 누나가 먼저 상무관으로 들어섰다. 네가 따라 들어갔을 때, 그녀는 거무스름한 피 얼룩이 묻은 면장갑을 움켜쥔 채 강당 가득 들어찬 관들을 둘러보고 있었다. 뒤따라온 선주 누나가 네 앞으로 한걸음 더 들어가, 어깨까지 내려오는 머리칼을 질끈 손수건으로 묶으며 말했다.

거기선 계속 내보내기만 해서 몰랐는데…… 한테다 모아놓으니까 정말 많다.

무릎을 맞대고 앉아 있는 유족들을 너는 보았다. 그들이 돌보는 관들 위에는 액자를 갖춘 영정 사진들이 올라가 있었다. 환타 병 두개가 나란히 머리맡에 놓인 관도 있었다. 유리병 하나에는 흰 들꽃 한묶음이, 나머지 하나에는 양초가 꽂혀 있었다.

그날 저녁 네가 진수 형에게 양초 한상자를 구해줄 수 있느냐고 묻자, 그는 선선히 고개를 끄덕이며 말했다.

그래, 초를 태우면 냄새가 없어지겠구나.

무명천이든 목관이든 갱지든 태극기든, 필요한 것들을 부탁하면 그는 수첩에 적었다가 하루 안에 구해주었다. 아침마다 대인시장이나 양동시장에서 장을 보고, 거기서 구하지 못한 것들은 시내의 목공소와 장의사, 포목점들을 찾아다니며 구한다고 그는 선주 누나에게 말했다. 집회에서 걷힌 성금이 아직 많이 남은데다, 도청에서 왔다고 하면 헐하게 주거나 그냥 가져가라는 사람이 많아 큰 어려움은 없다고 했다. 이제 시내에는 관이 동났다고, 급한 대로 베니어판을 구해 목공소에서 짜고 있다고도 했다.

진수 형이 오십개들이 양초 상자 다섯개와 성냥갑을 놓고 간 아침, 너는 도청 본관과 별관을 구석구석 다니며 촛대로 쓸 음료수 병들을 모아왔다. 출입구의 탁자 앞에 서서 하나씩 양초를 밝힌 뒤 유리병에 꽂아놓으면 유족들이 가져다 관 앞에 놓았다. 초가 넉넉해서, 유족이 지키지 않는 관과 미확인 시신들의 머리맡까지 모두 밝힐 수 있었다.

*

매일 아침 새 관들이 합동분향소가 있는 상무관으로 들어왔다. 큰 병원에서 치료받다 숨진 사람들의 것이었다. 땀인지 눈물인지 알 수 없는 것에 번들거리는 얼굴로 유족들이 리어카에 관을 실어오면, 너는 관 사이의 간격을 좁혀 자리를 만들었다.

저녁이면 계엄군과 대치한 외곽 지역에서 총을 맞은 사람들이 실려왔다. 군의 총격에 즉사하거나 응급실로 운반되던 중 숨이 끊어진 이들이었다. 죽은 지 얼마 되지 않은 사람들의 형상이 너무 생생해, 끝없이 쏟아져나오는 반투명한 창자들을 뱃속에 집어넣다 말고 은숙 누나는 강당 밖으로 뛰어나가 토하곤 했다. 코피가 잘 나는 체질이라는 선주 누나는 이따금 고개를 뒤로 젖히고 마스크 위로 콧잔등을 누른 채 강당 천장을 올려다보았다.

그녀들에 비하면 너의 일은 여전히 어렵지 않았다. 민원실에서

했던 것처럼 장부에 날짜와 시간을 적고 죽은 사람들의 인상착의를 기록했다. 무명천을 미리 적당한 크기로 잘라놓고, 옷핀에 갱지를 끼워 바로 숫자를 기입할 수 있게 준비했다. 신원 확인이 안된 사람들의 간격을 수시로 더 좁히고, 관들의 간격도 더 좁혀서 새로 들어올 사람들의 자리를 만들었다. 유난히 죽은 사람들이 많았던 밤에는 간격을 만들 겨를도, 공간도 없어서 얼기설기 관들의 모서리를 맞대 모조리 붙여놓았다. 그 밤 빽빽이 강당을 메운 죽은 사람들의 모습을 문득 둘러보며, 마치 이곳에 집결하기로 약속한 군중 같다고 너는 생각했다. 소리치지도 움직이지도 손을 맞잡지도 않는, 지독한 시취만을 뿜어내는 군중 속을, 너는 장부를 겨드랑이에 끼운 채 빠르게 걸어다녔다.

*

정말 비가 쏟아지겠어.

강당을 나와 숨을 깊게 들이마시며 너는 생각한다. 더 깨끗한 공기를 마시고 싶어 뒤뜰을 향해 걸어가다가, 너무 멀어져선 안된다는 생각에 건물 모퉁이에서 멈춘다. 마이크를 쥔 젊은 남자의 목소리가 들린다.

저들이 시키는 대로 무조건 무기를 돌려주고 항복할 순 없습니다. 저들이 먼저 우리 시민들의 시신을 돌려줘야 합니다. 끌고 간 시민 수백명도 풀어줘야 합니다. 무엇보다 여기서 일어난 일들의 진상을 전국에 밝혀서, 우리 명예를 회복시킨다는 약속을 받아내야 합니다. 그런 다음 총기를 반납하는 게 옳지 않겠습니까 여러분.

와아아, 외치며 박수 치는 사람들의 소리가 부쩍 작아졌다고 너는 느낀다. 군인들이 철수한 다음 날 열린 집회를 너는 기억한다. 도청 옥상과 시계탑 위까지 빽빽하게 사람들이 올라가 있었다. 차량이 다니지 않는 바둑판식 거리에, 건물 자리만 남겨놓고 수십만의 사람들이 어마어마한 물결처럼 출렁거렸다. 수십만층의 탑을 아스라하게 쌓아올리며 애국가를 불렀다. 수십만개의 폭죽을 연달아 터뜨리는 것처럼 손뼉을 쳤다. 어제 아침 진수 형이 선주 누나와 나누던 대화를 너는 들었다. 군인들이 다시 들어오면 시민들을 모두 죽일 거란 소문이 돌고 있다고, 공포 때문에 집회의 규모가 빠르게 줄고 있다고 그는 진지한 얼굴로 말했다. 그럴수록 우리들의 수가 많아야 함부로 못 들어올 텐데…… 느낌이 안 좋아요. 관들은 점점 많아지는데, 사람들은 점점 집 밖으로 나오지 않아요.

너무 많은 피를 흘리지 않았습니까. 어떻게 그 피를 그냥 덮으란 말입니까. 먼저 가신 혼들이 눈을 뜨고 우릴 지켜보고 있습니다.

남자의 목소리 끝이 갈라져 있다. 반복되는 피라는 단어가 어쩐지 가슴을 답답하게 해, 너는 다시 입을 벌려 심호흡을 한다.

혼한테는 몸이 없는데, 어떻게 눈을 뜨고 우릴 지켜볼까.

지난겨울 외할머니의 임종을 너는 떠올린다. 가벼운 감기가 폐렴이 되어 외할머니는 보름 가까이 입원했다. 기말고사가 끝난 토요일 오후, 너는 가벼운 마음으로 엄마와 함께 문병을 갔다. 갑자기 외할머니의 상태가 위급해져, 외삼촌 내외가 서둘러 택시를 타고 오는 동안 너와 엄마 둘이서 임종을 지켰다.

어려서 외가에 가면, 네가 기억하는 한 언제나 허리가 기역 자로 구부러져 있던 외할머니는 따라오니라, 가만히 말하곤 앞장서서 걸어갔다. 광으로 쓰이는 어둑한 방으로 너는 따라 들어갔다. 외할머니가 찬장 문을 열 거란 걸, 제사 때 쓰려고 둔 유과와 강정을 꺼낼 거란 걸 너는 알고 있었다. 네가 유과를 받아들고 히죽 웃으면 외할머니도 실눈으로 웃었다. 그 온화한 성품만큼이나 외할머니의 임종은 조용한 것이었다. 산소마스크를 쓴 채 눈을 감고 있던 외할머니의 얼굴에서 새 같은 무언가가 문득 빠져 나갔다. 순식간에 주검이 된 주름진 얼굴을 보며, 그 어린 새 같은 것이 어디로 가버렸는지 몰라 너는 멍하게 서 있었다.

지금 상무관에 있는 사람들의 혼도 갑자기 새처럼 몸을 빠져나갔을까. 놀란 그 새들은 어디 있을까. 오래전 부활절 달걀을 먹으려고 친구들과 몰려간 성경학교에서 들은 것처럼, 천국이나 지옥 같은 이국적인 곳으로 날아갔을 것 같지는 않았다. 부리 무섭게 만든 사극에 나오는 것처럼 헝클어진 머리에 흰옷을 입고 안개 속을 서성일 것 같지도 않았다.

투둑, 빗방울이 네 상고머리로 떨어진다. 얼굴을 들자 뺨으로도, 이마로도 마구 떨어진다. 삽시간에 빗발이 되어 쏟아진다.

마이크를 쥔 남자가 다급히 외친다.

앉아주십시오 여러분. 아직 추도식이 끝나지 않았습니다. 이 비는 먼저 가신 혼들이 흘리는 눈물입니다.

교련복 칼라 속으로 들어온 선득한 빗물이 러닝셔츠를 적시고 허리까지 흘러내린다. *혼의 눈물은 차갑구나.* 팔뚝에, 등에 소름이 돋는다. 비가 안 들이치는 출입문 앞 처마로 너는 뛰어 돌아온다. 도청 앞 나무들이 힘차게 빗발을 튕겨내고 있다. 계단 안쪽 끝에 쪼그려앉아 너는 얼마 전 생물 시간을 생각한다. 볕이 나른하던 5교시에 식물의 호흡에 대해 배웠던 게 다른 세상의 일 같다. 나무들은 하루에 딱 한차례 숨 쉰다고 했다. 해가 뜨면 길게 길게 햇빛을 들이마셨다가, 해가 지면 길게 길게 이산화탄소를 내쉰다고 했다. 그토록 참을성 있게 긴 숨을 들이쉬는 나무들의 입과 코로, 저렇게 세찬 비가 퍼붓고 있다.

그 다른 세상이 계속됐다면 지난주에 너는 중간고사를 봤을 거다. 시험 끝의 일요일이니 오늘은 늘어지게 자고 일어나 마당에서 정대와 배드민턴을 쳤을 거다. 지난 일주일이 실감되지 않는 것만큼이나, 그 다른 세상의 시간이 더이상 실감되지 않는다.

학교 앞 서점에서 문제집을 사려고 혼자 집을 나선 지난 일요일이었다. 갑자기 거리에 들어찬 무장 군인들이 어쩐지 무서워 너는 천변길로 내려가 걸었다. 신혼부부로 보이는, 성경과 찬송가 책을 손에 든 양복 입은 남자와 감색 원피스 차림의 여자가 맞은편에서 걸어오고 있었다. 날카로운 고함 소리가 몇차례 위쪽 도로에서 들리더니, 총을 메고 곤봉을 쥔 군인 셋이 언덕배기를 타고 내려와 그 젊은 부부를 둘러쌌다. 누군가를 뒤쫓다 잘못 내려온 것 같았다.

무슨 일입니까? 지금 저흰 교회에……

양복 입은 남자의 말이 채 끝나기 전에, 사람의 팔이 어떤 것인지 너는 보았다. 사람의 손, 사람의 허리, 사람의 다리가 어떤 일을 할 수 있는지 보았다. 살려주시오. 헐떡이며 남자가 외쳤다. 경련하던 남자의 발이 잠잠해질 때까지 그들은 멈추지 않고 곤봉을 내리쳤다. 곁에서 쉬지 않고 비명을 지르다 머리채를 잡힌 여자가 어떻게 되었는지 너는 모른다. 덜덜 턱을 떨며 천변 언덕을 기어올라 거리로, 더 낯선 광경이 펼쳐지고 있는 거리로 들어섰기 때문이다.

*

소스라치며 너는 얼굴을 든다. 오른쪽 어깨를 스친 손 때문이다. 차가운 무명 헝겊으로 겹겹이 손끝을 감싼 것 같은, 가냘픈 혼령 같은 손길이다.

동호야.

땋은 머리부터 흰 점퍼, 청바지 밑단까지 흠뻑 젖은 은숙 누나가 너를 향해 허리를 수그리며 웃는다.

뭘 그렇게 놀래?

해쓱한 얼굴로 너는 막연히 따라 웃는다. *그렇지, 혼한테 손 같은 게 있을 리 없지.*

일찍 오려구 했는데, 비가 오니까 일어나기 미안해서…… 내가 나오면 괜히 딴 사람들도 따라 나올까봐. 여긴 별일 없었어?

아무도 안 왔어.

너는 고개를 흔들며 대답한다.

지나가는 사람도 없었어.

저쪽도 그랬어. 사람 많이 안 왔어.

은숙 누나가 네 옆에 나란히 쪼그려앉는다. 점퍼 주머니에서 부스럭부스럭 카스텔라와 요구르트를 꺼낸다.

성당 아줌마들이 나눠주길래 네 것도 받아왔어.

허기를 미처 의식 못하고 있었는데, 너는 허겁지겁 비닐봉지를 찢는다. 한입 가득 카스텔라를 문다. 은숙 누나가 요구르트의 은박 뚜껑을 뜯어내고는 너에게 건넨다.

지금부턴 내가 있을 테니까 집에 가서 옷 갈아입어. 여기 와볼 사람들은 이제 다 왔다 갔나봐.

난 비 별로 안 맞았는데. 누나가 옷 갈아입고 와.

우물우물 카스텔라를 씹으며 네가 대답한다. 목이 막혀 요구르트를 들이켠다.

너, 땀 냄새 많이 나. 도청서 먹고 잔 지 한참 됐잖아.

네 뺨이 붉어진다. 별관 화장실에서 세수할 때 늘 머리까지 함께 감았다. 시취가 뱄을 것 같아 밤이면 이를 딱딱 부딪히며 찬물로 몸도 씻었는데, 소용없었나보다.

집회에서 들었는데, 계엄군이 오늘밤에 들어온대. 집에 가면 이제 여기 오지 마.

은숙 누나가 문득 고개를 움츠린다. 머리카락이 목덜미를 간지

럽히나보다. 젖은 잔머리를 손끝으로 골라 점퍼 깃 위로 빼내는 그녀의 손동작을 너는 잠자코 지켜본다. 처음 봤을 때 귀엽다 싶게 통통하던 그녀의 얼굴은 며칠 사이 야위었다. 검고 우묵해진 그녀의 눈언저리를 유심히 보다 너는 생각한다. 사람이 죽으면 빠져나가는 어린 새는, 살았을 땐 몸 어디에 있을까. 찌푸린 저 미간에, 후광처럼 정수리 뒤에, 아니면 심장 어디께에 있을까.

마지막 말을 못 들은 것처럼, 남은 빵을 입속에 욱여넣으며 너는 말한다.

비 다 맞은 사람이 옷 갈아입으러 가는 게 맞지, 그깟 땀 냄새 좀 나면 어때서.

그녀가 점퍼 주머니에서 요구르트 하나를 더 꺼낸다.

누가 뺏어 먹냐…… 천천히 좀 먹어. 이건 선주 언니 줄려고 했는데.

너는 욕심껏 그걸 받아든다. 손톱을 세워 은박 뚜껑을 뜯으며 싱긋 웃는다.

*

선주 누나는 몰래 다가와 어깨에 가만히 손을 얹는 성격의 사람이 아니다. 멀리서부터 또렷한 목소리로 네 이름을 부르며 걸어온다. 가까워지자마자 묻는다. 아무도 없어? 여태 혼자 있었어? 그러곤 포일에 싼 김밥 한줄을 불쑥 내민다. 너와 나란히 계단에 걸터앉아, 차츰 잦아드는 빗발을 보며 그걸 나눠 먹는다.

네 친구는, 아직 못 찾았냐?

무심히 툭 던지듯 그녀가 묻는다. 네가 고개를 젓자 이어 말한다.

……여태 못 찾은 거 보면, 군인들이 어디다 묻어버렸는갑다.

물 없이 삼킨 김밥이 잘 내려가도록 너는 손바닥으로 가슴을 문지른다.

그날 나도 거기 있었거든. 앞쪽에서 총 맞은 사람들은 군인들이 트럭에 싣고 갔어.

아무렇게나 더 튀어나올 것 같은 그녀의 말을 막으며 너는 말한다.

누나도 비 맞았는데 집에 갔다 와요. 은숙 누나는 옷 갈아입는다고 갔는데.

뭣하러? 저녁에 일하면 또 땀범벅 될 텐데.

그녀는 빈 알루미늄 포일을 접고 또 접어서 새끼손가락만 하게 만들어 움켜쥐고는 빗발을 바라본다. 그 옆얼굴이 말할 수 없이 침착하고 단단해 보여서, 갑자기 너는 뭐든 묻고 싶어진다.

오늘 남는 사람들은 정말 다 죽어요?

묻지 않고 너는 망설인다. *죽을 거 같으면, 도청을 비우고 다 같이 피해버리면 되잖아요. 왜 누군 가고 누군 남아요.*

그녀는 쥐고 있던 포일 조각을 화단에 던져버린다. 빈 손바닥을 들여다보다가, 피곤한 듯 눈두덩과 뺨, 이마와 귓바퀴까지 세차게 마른세수를 한다.

가만있어도 눈이 막 감기네. 별관 가서…… 소파 푹신한 데 찾아서 자고 와야겠다. 옷도 좀 말리고.

오종종한 앞니를 드러내며 그녀는 웃는다. 타이르듯 너에게 말한다.

어쩌냐, 너 혼자 여기 벌 세워서.

*

선주 누나 말이 맞을지도 모른다. 군인들이 정대를 실어가 어디다 묻어버렸는지도 모른다. 하지만 엄마 말이 맞을 수도 있다. 정대는 어느 병원에선가 치료를 받고 있고, 아직 의식이 없어 집에 전화를 못하는 건지도 모른다. 어제 오후 엄마가 작은형과 함께 너를 데리러 왔을 때, 정대를 찾아야 하니까 못 들어간다고 네가 우기자 엄마는 말했다. 중환자실부터 찾아볼 일이다. 병원마다 같이 찾아다녀보자이.

엄마는 네 교련복 소매를 움켜잡았다.

사람들이 여그서 널 봤다고 그래서 얼마나 놀랐는지 아냐. 시상에, 시체가 저렇게 많은데 무섭지도 않냐. 겁도 많은 자석이.

반쯤 웃으며 너는 말했다.

군인들이 무섭지, 죽은 사람들이 뭐가 무섭다고요.

작은형이 무섭게 정색을 했다. 어려서부터 공부밖에 몰라 반에서 늘 1등이었지만 대학시험에선 거푸 실수를 해 삼수를 하는 형이었다. 아버지를 닮아 얼굴이 큰데다 수염 숱이 무성해서, 겨우 스물한살인데도 아저씨처럼 나이 들어 보였다. 서울에서 9급 공무원으로 일하는 큰형은 오히려 얼굴이 곱고 체형이 작아서, 휴가 때 내려와 셋이 있으면 다들 작은형을 맏이로 봤다.

기관총하고 탱크가 있는 정예부대 계엄군이, 6·25 때 쓰던 카빈총 들고 있는 시민군이 무서워서 안 들어오는 것 같냐? 작전 날짜만 보고 있는 거야. 여기 있다간 죽어.

작은형에게 이마를 쥐어박힐까봐 너는 한걸음 물러서며 말했다.

내가 뭘 했다고 죽어. 여기서 잔일 거든 거밖에 없는데.

세차게 팔을 잡아당겨 너는 엄마의 손을 떨쳐냈다.

걱정 마요, 며칠만 일 거들다가 들어갈게요. 정대 찾아서.

어색하게 손을 흔들며 너는 상무관으로 뛰어들어갔다.

*

서서히 개던 하늘이 별안간 눈부시게 밝아진다. 너는 일어서서 건물 오른편으로 돌아나가본다. 군중들이 흩어진 텅 빈 광장이 보인다. 검고 흰 옷을 입은 유족들이 삼삼오오 분수대 앞에 모여 서 있다. 연단 아래 놓인 관들을 트럭에 싣고 있는 형들이 보인다. 누가 누군지 구별하려고 가늘게 뜬 네 눈꺼풀이 빛 속에서 파르르 떨린다. 눈꺼풀의 경련이 뺨까지 번진다.

처음 누나들을 만났을 때 네가 한 말 중 사실이 아닌 게 있었다.

역전에서 총을 맞은 두 남자의 시신이 리어카에 실려 시위대의 맨 앞에서 행진했던 날, 중절모를 쓴 노인부터 열두어살의 아이들, 색색의 양산을 쓴 여자들까지 인산인해를 이뤘던 저 광장에서, 마지막으로 정대를 본 건 동네 사람이 아니라 바로 너였다. 모습만 본 게 아니라, 옆구리에 총을 맞는 것까지 봤다. 아니, 정대와 너는 처음부터 손을 맞잡고 선두로, 선두의 열기 쪽으로 나아가고 있었다. 귀를 찢는 총소리에 모두 뒤돌아 뛰기 시작했다. 공포다! 괜찮다! 누군가 외치는 소리에 한 무리의 사람들이 앞 대열로 돌아가려는 아수라장 속에서 정대의 손을 놓쳤다. 다시 총소리가 귀를 찢었을 때, 모로 넘어진 정대를 뒤로 하고 너는 달렸다. 셔터가 내려진 전자제품점 옆 담벼락에 아저씨 셋과 함께 붙어섰다. 그들의 일행인 듯한 남자가 합류하려고 달려오다 어깨에서 피를 뿜으며 엎어졌다.

시상에, 옥상이여.

네 옆에 서 있던, 머리가 반쯤 벗어진 아저씨가 숨차게 중얼거렸다.

……옥상에서 영규를 쐈어.

옆 빌딩 옥상에서 다시 총성이 울렸다. 비트적비트적 일어나려던 남자의 등이 튀어올랐다. 배에서부터 번진 피가 삽시간에 상반신을 감쌌다. 옆에 선 아저씨들의 얼굴을 너는 올려다봤다. 아무도 말하지 않았다. 머리가 벗어진 아저씨가 입을 막으며 소리 없이 떨었다.

　너는 눈을 가늘게 뜨고 거리 가운데 쓰러진 수십명의 사람들을 봤다. 네가 입은 것과 똑같은 하늘색 체육복 바지가 얼핏 보인 것 같았다. 운동화가 벗겨진 맨발이 꿈틀거린 것 같았다. 네가 뛰쳐나가려는 순간, 입을 막고 떨던 아저씨가 네 어깨를 붙들었다. 동시에 옆 골목에서 청년들이 셋이 달려나갔다. 쓰러진 사람들의 겨드랑이에 손을 끼워 막 일으키려 했을 때, 광장 중앙의 군인들 쪽에서 연발 총성이 터졌다. 맥없이 청년들이 쓰러졌다. 너는 거리 맞은편의 넓은 골목을 건너다봤다. 삼십여명의 남자와 여자들이 양쪽 담벼락에 붙어서서 얼어붙은 듯 그 광경을 지켜보고 있었다.

　총성이 멎은 뒤 삼분쯤 지나, 맞은편 골목에서 유난히 키가 작은 아저씨가 한달음에 뛰쳐나왔다. 쓰러진 사람들 가운데 한사람을 향해 온 힘을 다해 달렸다. 다시 연발 총성이 울리고 그가 쓰러지자, 여태 너를 붙들고 있던 아저씨가 두꺼운 손바닥으로 네 눈을 가리며 말했다.

　지금 나가면 개죽음이여.

　아저씨가 네 눈에서 손을 뗀 순간, 마치 거대한 자석에 이끌린 것처럼 맞은편 골목의 남자 둘이 쓰러진 젊은 여자를 향해 달려가 팔을 잡고 일으키는 것을 너는 봤다. 이번엔 옥상에서 총성이 울렸다. 남자들이 나동그라졌다.

　더이상 아무도 쓰러진 사람들을 향해 달려가지 않았다.

　정적 속에 십여분의 시간이 흘렀을 때, 군인들의 대열에서 2인

1조로 이십여명이 걸어나왔다. 앞쪽에 쓰러진 사람들을 신속하게 끌고 가기 시작했다. 그때를 기다린 듯, 옆 골목과 맞은편 골목에서도 여남은명이 달려나가 뒤쪽에 쓰러진 사람들을 들쳐업었다. 이번엔 옥상에서 총을 쏘지 않았다. 하지만 너는 정대를 향해 그들처럼 달려가지 않았다. 네 곁에 있던 아저씨들은 숨이 끊어진 일행을 업고 서둘러 골목 사이로 사라졌다. 갑자기 혼자 남은 너는 겁에 질려, 저격수의 눈에 띄지 않을 곳이 어디일까만을 생각하며 벽에 바싹 몸을 붙인 채 광장을 등지고 빠르게 걸었다.

*

그 오후 집은 고요했다. 엄마는 난리 통에도 대인시장의 피혁 가게에 나가 있었고, 얼마 전 가죽 원단 박스를 나르다 허리를 다친 아버지는 안방에 누워 있었다. 반쯤 잠긴 철제 대문을 힘주어 밀고 마당으로 들어가자, 작은형이 제 방에서 영어 단어를 외우는 소리가 들렸다.

동호냐.

아버지의 목소리가 안방에서 우렁우렁 울려왔다.

동호 들어왔냐.

너는 대답하지 않았다.

동호야, 왔으면 이리 들어와 허리 좀 밟아봐라.

못 들은 척 너는 화단 가로 가서 펌프질을 했다. 차갑고 맑은 물

로 양은 대야를 채웠다. 두 손을 먼저 물속에 넣고 이어 얼굴을 담
갔다. 고개를 들자 얼굴과 목에서 물이 흘렀다.

　동호야, 밖에 동호 아니냐. 이리 좀 와봐라.

　물이 흐르는 두 손바닥을 젖은 눈꺼풀에 얹은 채 너는 댓돌 위에
얼마간 서 있었다. 운동화를 벗고 마루를 건너가 안방 문을 열었다.
쑥뜸 냄새가 자욱한 방에 아버지가 엎드려 있었다.

　조금 아까 또 삐끗해버려갖고, 일어나질 못하겠다. 엉덩이 쪽으
로 조금만 밟아봐라이.

　너는 양말을 벗었다. 아버지의 허리 아래쪽에 오른발을 올리고
반쯤만 몸무게를 실었다.

　어딜 쏘댕기다가 오냐. 느이 엄마가 너 들어왔는지 물어볼라고
몇번 전화했는지 아냐. 데모하는 데는 근처도 가면 안된다이. 간밤
에 신역에서 총을 쏴갖고 사람이 죽었다드마는…… 말이 안되제.
맨주먹으로 총을 어떻게 당한다냐.

　너는 익숙한 동작으로 발을 바꿔 아버지의 척추와 엉치뼈 사이
를 조심조심 밟았다.

　아이고 거기, 그래 거기다…… 시원하다.

　안방을 나온 너는 부엌머리 네 방으로 들어갔다. 공처럼 허리를
말고 장판 바닥에 누웠다. 정신을 잃듯 잠 속으로 빨려든 뒤 몇분
지나지 않아, 기억할 수 없는 무서운 꿈에 퍼뜩 눈을 떴다. 꿈보다
무서운 생시가 너를 기다리고 있었다. 사랑채 정대의 방에선 당연

히 누구의 기척도 들리지 않았다. 저녁이 되어도 마찬가지일 것이다. 불이 켜지지 않을 것이다. 열쇠는 댓돌 옆 오지항아리 속에 꼼짝 않고 도사리고 있을 것이다.

정적 속에서 너는 정대의 얼굴을 떠올렸다. 연한 하늘색 체육복 바지가 꿈틀거리던 모습을 기억한 순간, 불덩어리가 명치를 막은 것같이 숨이 쉬어지지 않았다. 숨을 쉬려고 너는 평소의 정대를 생각했다. 아무 일 없었던 것처럼 대문을 열고 들어올 것 같은 정대를 생각했다. 여태 초등학생같이 키가 안 자란 정대. 그래서 정미 누나가 빠듯한 형편에도 우유를 배달시켜 먹이는 정대. 정미 누나와 친남매가 맞나 싶게 못생긴 정대. 단춧구멍 같은 눈에 콧잔등이 번번한 정대. 그런데도 귀염성이 있어서, 그 코를 찡그리며 웃는 모습만으로 누구든 웃겨버리는 정대. 소풍날 장기자랑에선 복어같이 뺨을 부풀리며 디스코를 춰서, 무서운 담임까지 폭소를 터뜨리게 한 정대. 공부보다 돈을 벌고 싶어하는 정대. 누나 때문에 할 수 없이 인문계고 입시 준비를 하는 정대. 누나 몰래 신문 수금 일을 하는 정대. 초겨울부터 볼이 빨갛게 트고 손등에 흉한 사마귀가 돋는 정대. 너와 마당에서 배드민턴을 칠 때, 제가 무슨 국가 대표라고 스매싱만 하는 정대.

천연스럽게 칠판지우개를 책가방에 담던 정대. 이건 뭣하러 가져가? 우리 누나 줄라고. 너희 누난 이걸 뭐에다 쓰게? 글쎄, 이게 자꾸 생각난대. 중학교 다닐 때 공부보다 주번이 더 재미있었다지 뭐냐? 한번은 만우절이라고 애들이 칠판 가득 글자를 써놨더래. 총

각 선생이 지우느라 고생할 줄 알았더니, 주번 누구냐고 호통을 쳐서 누나가 나가서 열심히 지웠대. 다들 수업하는데 혼자 복도에서 창문 열어놓고 이걸 막대기로 탁탁 털었대. 중학교 이년 다닌 것 중에, 희한하게 그때가 제일 생각난다지 뭐냐.

차가운 방바닥을 두 손으로 짚고 너는 일어났다. 슬리퍼를 끌고 좁은 마당을 건너 사랑채 앞에 섰다. 어깨까지 쑥 들어가는 깊은 오지항아리를 뒤적여, 망치와 장도리 아래 달그락거리는 열쇠를 꺼냈다. 자물쇠를 열고, 슬리퍼를 벗고 방으로 들어갔다.

아무도 다녀간 흔적이 없었다. 일요일 밤 울먹이는 정대를 달래며 정미 누나가 갔을 만한 데를 적어봤던 공책도 앉은뱅이책상에 그대로 펼쳐져 있었다. 야학, 공장, 가끔 가던 교회, 일곡동 오촌 당숙네. 다음 날 아침부터 정대와 함께 그곳들을 찾아다녔지만 정미 누나는 어디에도 없었다.

어두워지는 텅 빈 방 가운데 서서 너는 마른 눈두덩을 손등으로 비볐다. 뜨겁게 살이 일어날 때까지 비볐다. 정대의 책상 앞에 앉아보았다가, 차가운 방바닥에 얼굴을 대고 엎드렸다. 고통이 느껴지는 가슴뼈 가운데 오목한 곳을 주먹으로 눌렀다. 지금 정미 누나가 갑자기 대문을 열고 들어온다면 달려나가 무릎을 꿇을 텐데. 같이 도청 앞으로 가서 정대를 찾자고 할 텐데. *그러고도 네가 친구냐. 그러고도 네가 사람이야.* 정미 누나가 너를 때리는 대로 얻어맞을 텐데. 얻어맞으면서 용서를 빌 텐데.

　스무살 정미 누나도 키가 작다. 조금 짧다 싶은 단발머리여서 뒤에서 보면 여중생이나 초등학교 고학년생 같다. 앞에서 봐도 화장을 안하면 고등학교 1학년 정도로 보인다. 그걸 자신도 아는지 늘 엷게 화장을 한다. 서서 하는 일이라 발이 부을 텐데, 출퇴근길엔 꼭 굽이 있는 구두를 신는다. 누군가를 때리기는커녕, 화 한번 시원하게 내본 적 없을 것처럼 걸음이 가볍고 목소리가 조용한 사람이다. 하지만 정대는 혀를 내두르며 너에게 말했다. 사람들이 몰라서 그래. 아부지보다도 누나가 훨씬 무서워.

　정대네가 사랑채에 세 들어 산 지 이태가 되도록 너는 정미 누나와 제대로 대화를 나눠보지 못했다. 그녀가 다니는 방직공장은 야근이 잦았다. 정대도 수금 때문에 귀가가 늦어지곤 해서──누나에겐 도서관에 다녀온다고 거짓말을 했다──첫 겨울엔 자주 사랑채 연탄불이 꺼졌다. 어쩌다 동생보다 일찍 들어온 저녁이면 정미 누나는 부엌머리 네 방문을 가만히 두드렸다. 고단한 얼굴로 짧은 단발머리를 귀 뒤로 넘기고는 저어, 연탄불 좀…… 하고 어렵게 입을 떼었다. 그때마다 너는 점퍼도 안 걸치고 날쌔게 아궁이로 달려나갔다. 불붙은 연탄을 골라 부지깽이째 건네주면 그녀는 고마워 어쩔 줄 몰랐다.

　처음으로 네가 정미 누나와 긴 이야기를 나눠본 건 작년 초겨울

저녁이었다. 정대는 책가방만 던져놓고 수금 나가 아직 돌아오지 않았다. 그녀가 방문을 두드리는 소리를 너는 금세 알아들었다. 차갑고 부드러운 헝겊으로 겹겹이 감싼 것 같은 손끝으로, 뭔가를 겁내는 듯 조용히 두드리는 소리. 얼른 문을 열고 나간 너에게 그녀는 물었다.

혹시 너, 1학년 교과서 다 버렸어?

……1학년 거요?

되묻는 너에게 그녀는 십이월부터 야학에 다니게 됐다고 주섬주섬 말했다. 세상이 바뀌어서, 인제부턴 함부로 잔업을 못 시킨대. 월급도 오를 거래. 이 기회에 공부를 해보려고. 시간이 너무 지났으니까 1학년 거부터 먼저 훑어보고…… 정대 방학하면 2학년 거 보면 될 거 같은데.

잠깐 기다리라고 한 뒤 너는 다락에 올라갔다. 먼지 묻은 교과서들과 참고서 몇권을 안고 나오자 정미 누나의 눈이 커졌다.

세상에…… 너는 머시매가 어쩌면 이렇게 착실하냐. 우리 정대는 다 내버렸던데.

책들을 안아들며 그녀는 너에게 당부했다.

정대한텐 말하지 마라. 안 그래도 저 때문에 내가 학교 못 다녔다고 눈치 보는데. 중학교 검정고시 합격할 때까지만 모르는 척해줘.

얼굴에서 무슨 풀꽃 같은 게 연달아 피어나는 것처럼 눈웃음을 짓는 그녀의 얼굴을 너는 멍하게 바라보았다.

혹시 알아. 정대 대학 보낸 다음엔, 나도 열심히 해서 대학 갈 수 있을지.

어떻게 몰래 공부를 하겠다는 건지 그때 너는 궁금했다. 저렇게 조그만 등으로, 참고서를 펼치면 가려지기나 할까, 두평도 안되는 단칸방에서. 정대도 일찍 자는 게 아니라 밤늦게까지 숙제를 하는데.

그렇게 잠깐 궁금했을 뿐인데, 그후로 자꾸 떠올랐다. 잠든 정대의 머리맡에서 네 교과서를 펼칠 통통한 손. 조그만 입술을 달싹여 외울 단어들. *세상에, 너는 머시매가 어쩌면 이렇게 착실하냐……* 생글거리던 눈. 고단한 미소. 부드러운 천으로 겹겹이 손끝을 감싼 것 같은 노크 소리. 그것들이 가슴을 저미며 너는 깊은 잠을 이루지 못했다. 새벽에 그녀가 걸어나오는 기척, 펌프로 물을 길어 세수를 하는 소리가 들리면 너는 이불을 둘둘 말고 문 쪽으로 기어가, 잠에 취한 눈을 감은 채 귀를 기울였다.

*

짐칸 가득 관을 실은 두번째 트럭이 상무관 앞에 정차한다. 햇빛 때문에 더 가늘게 뜬 네 눈에, 운전석 옆 좌석에서 진수 형이 내려오는 모습이 보인다. 빠른 걸음을 네 앞에서 멈추며 그가 말한다.

여섯시에 여긴 문 닫는다. 넌 그때 집에 가라.

더듬더듬 너는 묻는다.

……저 안에 사람들은 누가 지키고요?

오늘밤에 군인들이 들어와. 유족들도 다 집에 보낼 거야. 여섯시 이후엔 아무도 여기 있으면 안돼.

죽은 사람들밖에 없는데, 군인들이 여기까지 와요?

병원에 있는 부상자들도 폭도라고 다 쏴 죽일 거란 말이 있는데, 여기 시신들이고 지키는 사람들이고 가만둘 것 같으냐?

그는 화가 난 듯 단호한 걸음걸이로 너를 지나쳐 강당으로 들어간다. 유족들에게 같은 말을 하려는 모양이다. 검은 마분지를 댄 장부를 보물처럼 가슴에 안은 채 너는 진수 형의 뒷모습을 지켜본다. 그의 젖은 머리칼과 셔츠와 청바지를, 고개를 젓거나 주억거리는 유족들의 옆모습을 본다. 높게 떨려나오는 여자의 목소리를 듣는다.

나는 한발짝도 못 가요. 여그서 울 애기하고 같이 죽을라요.

강당 안쪽에서 정수리까지 무명천을 쓰고 누워 있는, 아직 신원이 확인되지 않은 사람들을 너는 문득 바라다본다. 모서리의 사람에게서 눈길이 떼어지지 않는다. 민원실 복도에서 처음 저 사람을 본 순간 너는 정미 누나를 떠올렸었다. 그때 이미 부패가 시작된 얼굴은 깊은 칼자국에 벌어져 이목구비를 정확히 분별하기 어려웠다. 하지만 어딘가 비슷한 것 같았다. 비슷한 주름치마를 입은 모습을 봤던 것도 같았다.

하지만 저건 아주 흔한 물방울무늬 치마가 아닌가? 저런 치마를 입고 일요일에 나가는 걸 확실히 본 것도 아니잖나. 정미 누나의 머리카락이 저렇게 짧았던가? 저런 단발은 진짜 여중생만 하는 거 아닌가. 절약이 몸에 밴 정미 누나가, 여름도 아닌데 뭣하러 발톱에 매니큐어를 발랐을까. 하지만 너는 그녀의 맨발을 제대로 본

적이 없다. 검푸른 팥알만 한 점이 그녀의 무릎 위쪽에 있었는지는 정대가 알 것이다. 정대가 있어야 저 사람이 정미 누나가 아니란 걸 확인해줄 수 있다.

하지만 정대를 찾으려면 거꾸로 정미 누나가 있어야 한다. 정미 누나라면 시내 모든 병원을 샅샅이 뒤져, 회복실에서 막 의식을 차린 정대를 찾아낼 것이다. 죽어도 인문계 고등학교엔 안 간다고, 3학년에 한반 개설된 실업계 준비반에 들어가겠다고 이월에 집을 나간 정대를, 하루 만에 귀신같이 만화방에서 찾아내 귀를 끌고 들어왔던 것처럼. 그토록 조그맣고 조용한 사람에게 절절매는 정대의 모습에 엄마와 작은형은 웃음을 터뜨렸다. 과묵한 네 아버지도 허공에 헛기침을 하며 웃음을 참았다. 그날 자정까지 사랑채에선 남매가 주고받는 말소리가 들렸다. 나직하던 음성이 조금 높아지는가 싶으면 누군가가 다정히 달래고, 누군가가 다시 목소리를 높이면 다른 누군가가 나직이 달래는 사이, 부엌머리 방에서 까무룩이 잠들 때까지 너는 두사람의 다투는 소리와 달래는 소리, 낮은 웃음소리를 점점 구별할 수 없게 되었다.

*

이제 너는 상무관 출입구의 탁자 앞에 앉아 있다.

탁자 왼편에 장부를 펼쳐놓고, 죽은 사람의 이름과 일련번호, 전화번호나 주소를 십육절 갱지에 큼직하게 옮겨적는다. 오늘밤 시민군이 모두 죽더라도 유족에게 확실히 연락이 갈 수 있도록 준비해야 한다고 진수 형이 말했기 때문이다. 혼자서 여섯시 안에 이것들을 정리해 관마다 붙여놓으려면 서둘러야 한다.

동호야아, 부르는 소리에 너는 고개를 든다.

엄마가 트럭들 사이로 걸어오고 있다. 이번엔 작은형 없이 혼자다. 가게에 나갈 때 교복처럼 입는 회색 블라우스에 헐렁한 검은 바지를 입었다. 늘 단정히 빗는 커트 머리가 비에 젖어 부세부세 헝클어졌다는 것만 평소와 다르다.

너도 모르게 반갑게 일어서서 계단을 뛰어내려가다 멈춘다. 엄마가 허겁지겁 계단을 뛰어올라와 네 손을 잡는다.

집에 가자.

물에 빠진 사람처럼 무섭게 손을 끌어당기는 엄마를 떨쳐내려고 너는 손목을 뒤튼다. 남은 손으로 엄마의 손가락들을 하나씩 떼어낸다.

군대가 들어온단다. 지금 집에 가자이.

억센 엄마의 손가락을 마침내 다 떼어냈다. 너는 날쌔게 강당 안으로 도망친다. 뒤따라 들어오려는 엄마를, 집으로 관을 옮겨가려는 유족들의 행렬이 가로막는다.

여섯시에 여기 문 닫는대요 엄마.

행렬 사이로 너와 눈을 맞추려고 엄마가 깨금발을 디딘다. 우는 아이처럼 힘껏 찡그린 그녀의 이마를 향해 너는 목소리를 높인다.

문 닫으면 나도 들어갈라고요.

엄마의 얼굴이 그제야 펴진다.

꼭 그래라이, 그녀가 말한다.

해 지기 전에 와라이. 다 같이 저녁밥 묵게.

엄마가 간 지 한식경이 채 되지 않아, 한눈에 더워 보이는 밤색 두루마기 차림의 노인을 보고 너는 다시 일어선다. 노인은 새하얗게 센 머리에 먹색 중절모를 쓰고, 주목 지팡이를 흙바닥에 짚으며 후들후들 걸음을 내딛고 있다. 갱지들이 바람에 흩어지지 않도록 장부와 볼펜으로 눌러놓고 너는 계단을 내려간다.

누구 찾으러 오셨어요?

우리 아들허고 쉰녀.

이가 빠져 불분명한 발음으로 노인이 말한다.

내가, 어저께 화순서 경운기 얻어타고 왔어. 경운기가 시내로는 못 들어온다고 그래서, 군인들 안 지키는 산길을 겨우겨우 넘어갔고.

노인이 숨을 몰아쉰다. 입가의 희고 성근 터럭들에 회색 침방울이 맺힌다. 평지도 잘 걷지 못하는 이 할아버지가 어떻게 산을 넘어왔다는 건지 너는 이해할 수 없다.

우리 막둥이는, 벙어리여…… 에려서 열병을 앓아서 말을 못해. 엊그저께 광주서 내려온 사람이 그란디, 시내에서 군인들이 벙어리를 곤봉으로 뚜드려 죽였다고, 벌써 오래되었다고 그래서.

노인을 부축해 너는 계단을 오른다.

글고 우리 큰아들네 쉰녀는 전대 앞에서 자취함서 학교 댕긴디,

엊저녁에 집에 가본게 행방불명이라여. ……벌써 메칠 전부터 주
인도 못 보고 이웃들도 못 봤다여.

강당에 들어서며 너는 마스크를 쓴다. 상복을 입은 여자들이 철
수하기 위해 음료수 병과 신문지, 얼음주머니와 영정 사진들을 보
자기로 싸고 있다. 안전한 집으로 관을 옮길 것인지, 그냥 여기 둘
것인지를 두고 설왕설래하는 유족들도 보인다.

이제 노인은 네 부축을 마다한다. 꾸깃꾸깃한 가제 손수건으로
코를 막고 앞서 걸어간다. 흰 천 위로 드러난 얼굴들을 하나하나
살피며 체머리를 흔든다. 규칙적으로 내리꽂히는 주목 지팡이 소
리를, 고무를 깔아놓은 강당 바닥이 둔하게 삼켜준다.

……저 사람들은 누구여? 왜 얼굴을 가려났는가?

정수리까지 천을 쓰고 있는 사람들을 가리키며 노인이 묻는다.

의무를 피하고 싶어 너는 주저한다. 이 순간이면 언제나 주저했
다. 피와 진물로 꾸덕꾸덕 얼룩진 흰 무명천을 들추면 길게 찢긴
얼굴, 베어진 어깨, 블라우스 사이로 썩어가는 젖무덤이 너를 기다
리고 있다. 밤이면 그 모습이 선연히 떠올라, 본관 지하 식당에서
의자를 붙여놓고 잠들었다가도 퍼뜩 눈이 떠졌다. 총검이 네 얼굴
을, 가슴을 베고 찌르는 환각에 몸을 뒤틀었다.

너는 앞장서서 모서리의 사람을 향해 걷는다. 거대한 자석 같은
게 힘껏 밀어내는 것처럼, 자신도 모르게 네 몸이 뒷걸음질 치려
한다. 그걸 이기려고 어깨를 앞으로 수그리고 걷는다. 천을 걷기 위
해 허리를 굽히자, 파르스름한 촛불의 눈동자 아래로 반투명한 촛

농이 흘러내리고 있다.

혼은 자기 몸 곁에 얼마나 오래 머물러 있을까.

그게 무슨 날개같이 파닥이기도 할까. 촛불의 가장자릴 흔들리게 할까.

눈이 더 나빠져 가까운 것도 흐릿하게 보이면 좋겠다고 너는 생각한다. 그러나 아무것도 흐릿하게 보이지 않는다. 무명천을 걷기 전에 너는 눈을 감지 않는다. 피가 비칠 때까지 입술 안쪽을 악물며 천을 걷는다. 걷은 다음에도, 천천히 다시 덮으면서도 눈을 감지 않는다. 달아났을 거다,라고 이를 악물며 너는 생각한다. 그때 쓰러진 게 정대가 아니라 이 여자였다 해도 너는 달아났을 거다. 형들이었다 해도, 아버지였다 해도, 엄마였다 해도 달아났을 거다.

체머리 떠는 노인의 얼굴을 너는 돌아본다. 손녀따님인가요, 묻지 않고 참을성 있게 그의 말을 기다린다. *용서하지 않을 거다.* 이 승에서 가장 끔찍한 것을 본 사람처럼 꿈적거리는 노인의 두 눈을 너는 마주 본다. *아무것도 용서하지 않을 거다. 나 자신까지도.*

2장
검은 숨

　우리들의 몸은 열십자로 겹겹이 포개져 있었어.

　내 배 위에 모르는 아저씨의 몸이 구십도로 가로질러 놓였고, 아저씨의 배 위에 모르는 형의 몸이 다시 구십도로 가로질러 놓였어. 내 얼굴에 그 형의 머리카락이 닿았어. 그 형의 오금이 내 맨발에 걸쳐졌어. 그 모든 걸 내가 볼 수 있었던 건, 내 몸 곁에 바싹 붙어 어른거리고 있었기 때문이야.

　그들이 다가왔어. 얼룩덜룩한 군복에 철모를 쓰고, 팔엔 적십자 완장을 차고서 빠르게. 그들은 2인 1조로 우리들의 몸을 들어올려 군용 트럭에 던져넣기 시작했어. 곡물 자루들을 운반하는 것같이 기계적인 동작으로. 난 내 몸을 놓치지 않으려고 뺨에, 목덜미에 어른어른 매달려 트럭에 올라탔어. 이상하게도 나는 혼자였어. 그러니까 혼들은 만날 수 없는 거였어. 지척에 혼들이 아무리 많아도, 우린 서로를 볼 수도 느낄 수도 없었어. 저세상에서 만나자는 말 따위 의미없는 거였어.

내 몸은 다른 몸들과 함께 묵묵히 흔들리며 트럭에 실려갔어. 피를 너무 쏟아내 심장이 멈췄고, 심장이 멈춘 뒤로도 계속 피를 쏟아낸 내 얼굴은 습자지같이 얇고 투명했어. 눈을 감은 내 얼굴을 본 건 처음이라 더 낯설게 보였어.

시시각각 저녁이 오고 있었어. 시가지를 벗어난 트럭은 어둑한 벌판 가운데로 난 텅 빈 길을 달렸어. 참나무들이 우거진 낮은 언덕길을 오르자 철문이 나타났어. 트럭이 잠시 멈추자 보초병 둘이 경례를 붙였어. 보초병들이 철문을 열 때 한번, 닫을 때 다시 한번 길고 날카로운 쇳소리가 울렸어. 트럭은 거기서부터 좀더 언덕길을 올라가, 단층 콘크리트 건물과 참나무 숲 사이 공터에서 멈췄어.

그들이 운전석에서 걸어나왔어. 트럭 후미의 잠금쇠를 푼 뒤, 다시 2인 1조로 우리들의 팔다리를 잡고 나르기 시작했어. 턱으로, 뺨으로 미끄러지며 매달려 내 몸을 따라가면서 나는 불 켜진 단층 건물을 올려다봤어. 무슨 건물인지 알고 싶었어. 여기가 어디인지, 지금 내 몸이 어디로 가고 있는지.

공터 뒤의 덤불숲 사이로 그들은 들어갔어. 상관으로 보이는 사람이 지시하는 대로 다시 열십자로 차곡차곡 몸들을 쌓아올렸어. 내 몸은 아래에서 두번째에 끼여 납작하게 짓눌렸어. 그렇게 짓눌려도 더이상 흘러나올 피는 없었어. 고개가 뒤로 꺾인 채 눈을 감고 반쯤 입을 벌린 내 얼굴은 숲 그늘에 가려 더 창백해 보였어. 맨 위에 놓인 남자의 몸에다 그들이 가마니를 덮자, 이제 몸들의 탑은 수십개의 다리를 지닌 거대한 짐승의 사체 같은 것이 되었어.

*

그들이 가고 나자 더 어두워졌어. 하늘 서쪽에 남아 있던 희미한 잔광이 서서히 사라졌어. 나는 몸들의 탑 위에 어른어른 머물러 있었고, 반달을 감싼 연회색 구름에서 창백한 빛이 새어나오는 게 보였어. 그 빛이 만든 덤불숲 그림자가, 죽은 얼굴들 위로 기이한 문신 같은 문양을 새겨놓았어.

자정 무렵이었던 것 같아, 가냘프고 부드러운 무엇이 가만히 나에게 닿아온 것은. 얼굴도 몸도 말도 없는 그 그림자가 누구의 것인지 몰라 난 잠자코 기다렸어. 혼에게 말을 거는 법을 생각해내고 싶었지만, 어디서도 그 방법을 배운 적 없다는 걸 깨달았어.

아마 그 혼도 방법을 모르는 것 같았어. 서로에게 말을 거는 법을 알지 못하면서, 다만 온 힘을 기울여 우리가 서로를 생각하고 있다는 것만은 느낄 수 있었어. 마침내 체념한 듯 그것이 떨어져나가자 난 다시 혼자가 되었어.

밤이 깊어지며 비슷한 일이 반복되었어. 무엇인가 조용히 내 그림자에 닿는가 싶으면 그때마다 다른 혼들이었어. 손도 발도 얼굴도 혀도 없는 우리는 가만히 그림자를 맞댄 채 서로가 누구인지 생각에 잠겼고, 결국 어떤 말도 주고받지 못한 채 서로에게서 떨어져 나갔어. 한 그림자가 나에게서 떨어져나갈 때마다 나는 하늘을 올려다봤어. 구름에 싸인 반달이 눈동자처럼 나를 마주 본다고 생각하고 싶었지만 그건 단지 텅 빈 은빛 돌, 생명이 살지 않는 거대하고 황량한 암석 덩어리일 뿐이었어.

너를 문득 떠올린 건 그 낯설고 생생한 밤이 끝나갈 무렵, 먹색 하늘에 마침내 파르스름한 새벽빛이 배어들기 시작하던 무렵이었어. 그렇지, 네가 나와 함께 있었는데. 차가운 몽둥이 같은 게 갑자기 내 옆구리를 내려치기 전까지. 내가 헝겊 인형처럼 고꾸라지기 전까지. 아스팔트가 산산이 부서질 것 같던 발소리들, 고막을 찢는 총소리들 속에서 내가 팔을 뻗어올릴 때까지. 옆구리에서 솟구친 피가 따뜻하게 어깨로, 목덜미로 번지는 걸 느낄 때까지. 그때까지 네가 함께 있었는데.

*

풀벌레들이 소리 내어 날개를 떨고 있었어. 보이지 않는 새들이 높은 음조로 울기 시작했어. 검은 나무들이 바람에 흔들리며 눈부시게 잎 스치는 소리를 냈어. 창백한 해가 떠오르는가 싶더니, 맹렬하게 하늘의 중앙을 향해 전진해 올라갔어. 덤불숲 뒤에 쌓인 우리들의 몸은 이제 햇빛을 받아 썩기 시작했어. 먹피가 굳은 자리에 쇠파리들과 날파리떼가 날아와 앉았어. 그것들이 앞다리를 비비고, 기어다니고, 날아오르고, 다시 내려앉는 걸 지켜보며 난 내 몸 언저리에 어른거리고 있었어. 네 몸이 몸들의 탑 속에 끼여 있는지 찾고 싶었지만, 간밤에 어른어른 나를 어루만졌던 혼들 중에 네가 있었던 건지 확인하고 싶었지만, 자력에 붙들린 듯 내 몸에서 멀어질 수 없었어. 내 창백한 얼굴에서 눈을 뗄 수 없었어.

그렇게 정오가 가까워졌을 때 불현듯 깨달았어.

이곳에 너는 없었어.

넌 여기 없을 뿐 아니라, 아직 살아 있었어. 그러니까 혼이란 건 가까이 있는 혼들이 누구인지는 알지 못하면서, 누군가가 죽었는지 죽지 않았는지만은 온 힘으로 생각하면 알 수 있는 거였어. 이 낯선 덤불숲 아래에서, 썩어가는 수많은 몸들 사이에서 아무도 아는 사람이 없다고 생각하자 나는 무서워졌어.

더 무서워진 건 다음 순간이었어.

두려움을 견디며 나는 누나를 생각했어. 이글거리는 태양이 남쪽으로, 더 남쪽으로 팽팽히 기우는 걸 보면서, 뚫어지게 내 얼굴을, 감긴 눈꺼풀들을 들여다보면서 누나를, 누나만을 생각했어. 견디기 어려운 고통이 느껴졌어. 누나는 죽었어. 나보다 먼저 죽었어. 혀도 목소리도 없이 신음하려고 하자, 눈물 대신 피와 진물이 새어나오는 통증이 느껴졌어. 눈이 없는데 어디서 피가 흐르는 걸까, 어디서 통증이 느껴지는 걸까. 아무것도 흐르지 않는 내 창백한 얼굴을 나는 들여다봤어. 더러운 내 손들은 움직이지 않았어. 핏물이 산화돼 진한 벽돌색이 된 손톱들 위로 소리 없이 불개미들이 기어다니고 있었어.

*

더이상 내가 열여섯살이라는 느낌이 들지 않았어. 서른여섯, 마흔여섯 같은 나이들도 여리고 조그맣게 느껴졌어. 예순여섯, 아니 일흔여섯살이라고 해도 이상할 것 같지 않았어.

더이상 나는 학년에서 제일 작은 정대가 아니었어. 세상에서 누나를 제일 좋아하고 무서워하는 박정대가 아니었어. 이상하고 격렬한 힘이 생겨나 있었는데, 그건 죽음 때문이 아니라 오직 멈추지 않는 생각들 때문에 생겨난 거였어. 누가 나를 죽였을까, 누가 누나를 죽였을까, 왜 죽였을까. 생각할수록 그 낯선 힘은 단단해졌어. 눈도 뺨도 없는 곳에서 끊임없이 흐르는 피를 진하고 끈적끈적하게 만들었어.

어디선가 누나의 혼도 어른거리고 있을 텐데, 그곳이 어딜까. 이제 우리한텐 몸이 없으니 만나기 위해서 몸을 움직일 필요는 없을 텐데. 하지만 몸 없이 누나를 어떻게 만날까. 몸 없는 누나를 어떻게 알아볼까.

계속해서 내 몸은 썩어갔어. 벌어진 상처 속에 점점 더 많은 날파리들이 엉겼어. 눈꺼풀과 입술에 내려앉은 쉬파리들이 검고 가느다란 발을 비비며 천천히 움직였어. 참나무 숲 우듬지 사이로 오렌지색 광선을 내쏘며 해가 저물어갈 무렵, 누나가 어디 있는지 생각하는 데 지친 나는 이제 그들을 생각하기 시작했어. 나를 죽인 사람과 누나를 죽인 사람은 지금 어디 있을까. 아직 죽지 않았다 해도 그들에게도 혼이 있을 테니, 생각하고 생각하면 닿을 수 있을 것 같았어. 내 몸을 버리고 싶었어. 죽은 그 몸뚱이로부터 얇고 팽팽한 거미줄같이 뻗어나와 끌어당기는 힘을 잘라내고 싶었어. 그들을 향해 날아가고 싶었어. 묻고 싶었어. 왜 나를 죽였지. 왜 누나를 죽였지. 어떻게 죽였지.

어스름이 내리자 새들이 울음을 그쳤어. 낮에 울던 풀벌레들보다 가냘픈 소리를 내는 밤의 풀벌레들이 날개를 떨기 시작했어. 완전히 어두워지자, 간밤에 그랬던 것처럼 누군가의 그림자가 내 그림자에 닿아왔어. 어른어른 서로의 언저리를 어루만지다 우리는 흩어졌어. 어쩌면 우린 낮 동안 뙤약볕 아래 꼼짝 않고 머무르며 비슷한 생각에 골몰해 있었던 것 같았어. 밤이 되어서야 몸의 자력으로부터 얼마간 떨어져나올 힘을 얻은 것 같았어. 그들이 다시 오기 직전까지 그렇게 우리는 서로를 어루만졌고, 서로를 알고 싶어했고, 결국 아무것도 알아내지 못했어.

철문이 열렸다 닫히는 두번의 쇳소리가 밤의 침묵을 갈랐어. 엔진 소리가 가까워졌어. 트럭 전조등 불빛이 날카롭게 날아들었어. 불빛이 우리들의 몸을 비추며 움직이자, 얼굴마다 검은 문신처럼 새겨져 있던 덤불 그림자가 꿈틀거리며 함께 움직였어.

이번에 그들은 둘뿐이었어. 그들은 새로운 죽은 몸들의 팔다리를 붙잡고 하나씩 우리 쪽으로 날아왔어. 둔기에 두개골이 함몰되고 상의가 피로 얼룩진 몸 넷과, 푸른 줄무늬 환자복 차림의 몸 하나였어. 그들은 우리들의 몸 곁에 다시 열십자로 그 몸들을 낮게 쌓았어. 환자복을 입은 몸을 맨 위에 쌓은 뒤 가마니로 덮고는 뒤로 물러섰어. 그들의 찌푸린 미간과 텅 빈 눈 두쌍을 지켜보며 나는 알았어. 하루 사이 우리들의 몸에서 지독한 냄새가 뿜어져나오고 있다는 걸.

그들이 트럭에 시동을 거는 동안 나는 어른어른 그 몸들에게 다가갔어. 나뿐 아니라 다른 혼의 그림자들도 다가와 그 몸들을 에워싸는 게 느껴졌어. 두개골이 함몰된 남자와 여자들의 옷에선 아직 연한 핏물이 떨어지고 있었어. 머리 쪽에서부터 물을 끼얹었는지, 얼굴들만은 대강 씻겨 이목구비가 깨끗하게 드러나 있었어. 그들 중에서 가장 특별한 존재는 환자복을 입은 젊은 남자였는데, 가마니를 가슴에 덮고 누운 그는 누구보다도 청결했어. 그의 몸을 누군가가 씻어주었어. 환부를 꿰매고 약을 발라주었어. 그의 머리에 친친 둘러진 붕대가 어둠속에 하얗게 빛났어. 똑같은 죽은 몸인데, 누군가의 손길이 남아 있는 그 몸이 한없이 고귀해 보여서 나는 이상한 슬픔과 질투를 느꼈어. 몸들의 높은 탑 아래 짐승처럼 끼여 있는 내 몸이 부끄럽고 증오스러웠어.

그래, 그 순간부터 내 몸을 증오하게 되었어. 고깃덩어리처럼 던져지고 쌓아올려진 우리들의 몸을. 햇빛 속에 악취를 뿜으며 썩어간 더러운 얼굴들을.

*

눈을 감을 수 있다면.

수십개의 다리가 달린 괴물의 사체처럼 한덩어리가 된 우리들의 몸을 더이상 들여다보지 않을 수 있다면. 깜박 잠들 수 있다면. 캄캄한 의식의 밑바닥으로 지금 곤두박질칠 수 있다면.

꿈속으로 숨을 수 있다면.

아니, 기억 속으로라도.

종례가 유난히 길던 너의 반 복도에서 서성이며 너를 기다리던 작년 여름으로. 네 담임이 앞문으로 나오는 걸 보고 얼른 가방을 고쳐들던 순간으로. 다른 애들은 다 나오는데 네가 안 보여 교실로 들어갔다가, 칠판을 지우고 있는 너를 큰 소리로 부르던 순간으로.

뭐 하냐?

주번이다.

너 지난주에도 주번 했잖아.

누가 미팅 간다고 그래서 바꿔줬지.

병신.

우리가 마주 보고 실없이 웃은 순간. 콧속에 분필 가루가 들어와 재채기가 날 것 같던 순간. 네가 털어놓은 칠판지우개를 슬그머니 가방에 넣은 순간. 어리둥절해하는 네 얼굴을 향해, 자랑도 슬픔도 부끄러움도 아닌 누나 이야기를 꺼낸 순간.

그날밤 난 홑이불을 배에 감고 누워 일찍 잠든 척하고 있었지. 언제나처럼 야근을 하고 들어온 누나가, 언제나처럼 세면장에 상을 펴고 식은 밥을 찬물에 말아 먹는 소리가 들렸어. 씻고 이를 닦은 누나가 발뒤꿈치를 들고 들어와 창문으로 다가가는 옆모습을, 난 어둠속에서 눈을 가늘게 뜨고 지켜봤어. 모기향이 잘 타고 있는지 확인하려던 누나는, 내가 창틀에 세워놓은 칠판지우개를 발견하고 웃었어. 한숨처럼 낮게 한번, 잠시 뒤 소리 내어 한번 더.

누나는 고개를 절레절레 흔들고, 헝겊 지우개를 한번 들었다가 제자리에 놓았지. 언제나처럼 나에게서 멀리 이불을 펴고 누웠다가, 가만가만 무릎걸음으로 나에게 다가왔지. 잠든 것처럼 눈을 가늘게 뜨고 있던 나는 정말로 눈을 꼭 감았지. 누나가 내 이마를 한번, 뺨을 한번 쓰다듬곤 이부자리로 돌아갔어. 좀 전에 들렸던 웃음소리가 어둠속에서 다시 들렸어. 한숨처럼 낮게 한번, 잠시 뒤 소리 내어 한번 더.

캄캄한 이 덤불숲에서 내가 붙들어야 할 기억이 바로 그거였어. 내가 아직 몸을 가지고 있었던 그 밤의 모든 것. 늦은 밤 창문으로 불어들어오던 습기 찬 바람, 그게 벗은 발등에 부드럽게 닿던 감촉. 잠든 누나로부터 희미하게 날아오는 로션과 파스 냄새. 삐르르 삐르르, 숨죽여 울던 마당의 풀벌레들. 우리 방 앞으로 끝없이 솟아오르는 커다란 접시꽃들. 네 부엌머리 방 맞은편 블록담을 타고 오르는 흐드러진 들장미들의 기척. 누나가 두번 쓰다듬어준 내 얼굴. 누나가 사랑한 내 눈 감은 얼굴.

더 많은 기억이 필요했어.

더 빨리, 끊어지지 않게 기억을 이어가야 했어.

여름밤 마당에서 등목을 했지. 세상에서 가장 깨끗하고 고귀한 보물 같은, 펌프로 막 길어올린 차가운 물을, 네가 양동이째 내 끈끈한 등에 끼얹었지. 으흐흐, 몸서리치는 나를 보고 너는 웃었지.

천변길을 따라 자전거를 탔지. 뭉클뭉클한 맞바람의 중심을 가르며 달렸지. 내 하얀 하복 셔츠가 날개같이 퍼덕였지. 뒤에서 네가 내 이름을 부르는 걸 들으면서 힘차게 페달을 밟았지. 네 목소리가 점점 멀어지는 걸 들으면서, 더 신이 나서 페달을 밟았지.

초파일이 마침 일요일이었을 때였지. 엄마를 모신 절에 당일치기로 다녀오려고 누나와 함께 강진에 내려갔지. 시외버스 창밖으로 봄날의 논배미들이 보였지. 누나, 온 세상이 어항이야. 모를 내기 직전의 맑은 논물에 하늘이 끝없이 비쳐 있었지. 아카시아 냄새가 창틈으로 새어들어와, 나도 모르게 코가 벌름거려졌지.

누나가 햇감자를 쪄줬지, 혀를 데어가며 그걸 후후 불어 먹었지.

설탕같이 부스러지는 수박을 먹었지, 새까만 보석 같은 씨앗들까지 꼭꼭 씹어 먹었지.

국화빵 봉지를 스웨터 속 왼쪽 가슴에 품고 누나가 기다리는 집으로 달렸지, 두 발은 얼어서 아무 감각이 없었지, 심장만 활활 타는 것 같았지.

키가 자라고 싶었지.

팔굽혀펴기를 마흔번 연달아 하고 싶었지.

언젠가 여자를 안아보고 싶었지. 나에게 처음으로 허락될 여자, 얼굴을 모르는 그 여자의 심장 언저리에 떨리는 손을 얹고 싶었지.

*

썩어가는 내 옆구리를 생각해.

거길 관통한 총알을 생각해.

처음엔 차디찬 몽둥이 같았던 그것,

순식간에 뱃속을 휘젓는 불덩어리가 된 그것,

그게 반대편 옆구리에 만들어놓은, 내 모든 따뜻한 피를 흘러나가게 한 구멍을 생각해.

그걸 쏘아보낸 총구를 생각해.

차디찬 방아쇠를 생각해.

그걸 당긴 따뜻한 손가락을 생각해.

나를 조준한 눈을 생각해.

쏘라고 명령한 사람의 눈을 생각해.

그들의 얼굴을 보고 싶다, 잠든 그들의 눈꺼풀 위로 어른거리고 싶다, 꿈속으로 불쑥 들어가고 싶다, 그 이마, 그 눈꺼풀들을 밤새

건너다니며 어른거리고 싶다. 그들이 악몽 속에서 피 흐르는 내 눈을 볼 때까지. 내 목소리를 들을 때까지. 왜 나를 쐈지, 왜 나를 죽였지.

*

고요한 낮과 밤들이 지나갔어. 새벽과 저녁의 푸른 어스름들이 지나갔어. 자정마다 찾아오는 군용 트럭의 엔진 소리가, 날카로운 전조등 불빛들이 지나갔어.

그들이 다녀갈 때마다 가마니에 덮인 몸들의 탑이 하나씩 늘어갔어. 총을 맞은 대신 머리가 움푹 으깨어지고 어깨가 탈골된 몸들. 그 사이 드문드문 섞인, 환자복에 흰 붕대를 감은 깨끗한 몸들.

한번은 그들이 쌓아놓고 간 열몇사람의 몸들에게서 얼굴을 찾을 수 없었어. 목이 잘려나간 게 아니란 걸, 흰 페인트칠로 얼굴이 지워졌다는 걸 깨닫고 나는 어른어른 뒤로 물러났어. 새하얀 은박지 같은 얼굴들이 고개를 뒤로 꺾은 채 덤불숲 어딘가를 향하고 있었어. 눈도 코도 입술도 없이 허공을 올려다보고 있었어.

*

이 몸들이 모두 그 거리에 함께 있었을까.

함께 소리치고 함께 노래 부르던 그 많은 사람들 속에, 헤드라이트를 켜고 거대한 물결처럼 밀려들어오는 버스와 택시들을 향해 환호하던 군중 속에, 이 몸들이 나와 함께 있었을까.

리어카에 실려 행렬을 앞서 가던, 역전에서 총을 맞았다던 두 아저씨의 몸은 어떻게 됐을까. 끄덕끄덕 허공에서 흔들리던 벗은 발들은 어떻게 됐을까. 그 모습을 본 순간 너는 소스라쳤는데. 세차게 눈꺼풀이 깜박이고 속눈썹이 떨렸는데. 그때 난 네 손을 붙잡았는데. 우리 군대가 총을 쐈어, 넋 나간 듯 중얼거리는 너를 행렬의 앞으로, 더 앞으로 잡아끌었는데. 우리 군대가 총을 쐈어, 금방 울음을 터뜨릴 것 같은 너를 힘껏 끌고 나아가며 난 노래했는데. 목이 터져라고 애국가를 따라 불렀는데. 그들이 내 옆구리에 뜨거운 불덩이 같은 탄환을 박아넣기 전에. 저 얼굴들을 하얀 페인트로 지워버리기 전에.

*

가장 먼저 탑을 이뤘던 몸들이 가장 먼저 썩어, 빈 데 없이 흰 구더기가 들끓었어. 내 얼굴이 거뭇거뭇 썩어가 이목구비가 문드러지는 걸, 윤곽선이 무너져 누구도 더이상 알아볼 수 없게 되어가는 걸 나는 묵묵히 지켜봤어.

밤이 이슥해지면 차츰 수효가 많아진 그림자들이 내 그림자에 기대어왔어. 여전히 눈도 손도 혀도 없이 우리는 서로를 맞아주었어. 서로가 누군지는 여전히 알 수 없었지만, 서로가 얼마나 오래 함께였는지는 어렴풋이 짐작할 수 있었어. 처음부터 함께였던 그림자와 새로 온 그림자가 나란히 내 그림자에 겹쳐질 때, 설명할 수 없는 방식으로 그들의 기척을 구별할 수 있었어. 어떤 그림자들은 내가 알지 못하는 고통들을 오래 견딘 것 같았어. 손톱 아래마다 진한 보랏빛 상처가 있던, 옷이 젖어 있던 몸들의 혼이었을까. 그들의 그림자가 내 그림자 끝에 닿을 때마다 끔찍한 고통의 기척이 저릿하게 전해져왔어.

만약 그렇게 좀더 시간이 흘렀다면, 어느 순간 우리는 서로를 알게 될 수 있었을까. 마침내 어떤 말을, 어떤 생각을 주고받을 방법을 찾아낼 수 있었을까.

하지만 그 밤이 왔어.

오후에 비가 몹시 내린 날이었어. 세찬 비에 우리들의 피는 깨끗이 씻겼고, 씻긴 뒤에 더 빠르게 썩어갔어. 검푸르게 변색된 얼굴들이 보름께의 달빛에 흐릿하게 빛났어.

그들은 평소보다 일찍, 자정이 되기 전에 왔어. 그들이 다가오는 기척에 나는 언제나처럼 몸들의 탑에서 비껴나, 덤불숲 그림자에 기대어 어른거렸어. 지난 며칠 동안 그들은 늘 같은 두사람이었는데, 이번에는 처음 보는 사람들까지 모두 여섯이었어. 그들은 몸들의 팔다리를 함부로 움켜잡고 날라와서는, 어째선지 열십자의 네 귀를 제대로 맞추지 않고 되는대로 쌓았어. 냄새를 견딜 수 없는 듯 코와 입을 막으며 물러나, 공허한 눈으로 몸들의 탑들을 바라보

왔어.

그들 중 하나가 트럭으로 돌아가, 두 손에 커다란 석유통을 들고 천천히 걸어왔어. 허리와 어깨와 팔로 플라스틱 통들의 무게를 버티며, 비틀거리며 우리들의 몸을 향해 다가왔어.

이제 끝이구나, 나는 생각했어. 수많은 그림자들이 가냘프고 부드러운 움직임으로 파닥이며 내 그림자에, 서로의 그림자들에 스며들었어. 떨며 허공에서 만났다가 이내 흩어지고, 다시 언저리로 겹쳐지며 소리 없이 파닥였어.

기다리고 있던 군인들 중 두사람이 걸어나가 석유통을 받아들었어. 침착하게 뚜껑을 열고 몸들의 탑 위에 기름을 붓기 시작했어. 우리들의 몸 모두에게 고르게, 공평하게. 통에 남은 마지막 한방울의 기름까지 털어 뿌린 다음 그들은 뒤로 물러섰어. 마른 덤불에 불을 붙여 힘껏 던졌어.

*

우리들의 몸에 달라붙어 썩어가던 피 묻은 옷들이 가장 먼저 타서 재가 되었어. 다음으로 머리카락과 잔털들이, 살갗이, 근육이, 내장이 타들어갔어. 숲을 집어삼킬 듯 불길이 치솟았어. 대낮같이 공터가 밝아졌어.

그때 알았어, 우리들을 여기 머물게 했던 게 바로 저 살갗과 머리털과 근육과 내장이었다는 걸. 몸들이 우리를 끌어당기는 인력이 빠르게 허약해지기 시작했어. 덤불숲 사이사이로 물러나 서로의 그림자를 스치고 기대며 어루만지던 우리들은, 우리들의 몸에서 뭉클뭉클 뿜어져나오는 검은 연기를 타고 단숨에 허공으로 솟아올랐어.

그들이 트럭으로 돌아가기 시작했어. 끝까지 지켜보라는 명령을 받은 듯, 일병과 병장 계급장을 단 군인 둘만 부동자세로 제자리에 남았어. 나는 그 어린 군인들을 향해 어른어른 내려갔어. 그들의 어깨와 목덜미 언저리로 번지며 앳된 얼굴들을 들여다봤어. 겁에 질린 검은 눈동자들 속에서 불타고 있는 우리들의 몸을 봤어.

우리들의 몸은 계속 불꽃을 뿜으며 타들어갔어. 장기들이 끓으며 오그라들었어. 간헐적으로 쉭쉭 뿜어져나오는 검은 연기는 우리들의 썩은 몸이 내쉬는 숨 같았어. 그 거친 숨이 잦아든 자리에 희끗한 뼈들이 드러났어. 뼈가 드러난 몸들의 혼은 어느샌가 멀어져, 더이상 어른거리는 그림자가 느껴지지 않았어. 그러니까 마침내 자유였어, 이제 우린 어디든 갈 수 있었어.

어디로 갈까, 나는 자신에게 물었어.

누나한테 가자.

하지만 누나가 어디 있을까.

난 침착하고 싶었어. 탑 아래쪽에 쌓인 내 몸이 완전히 다 타려면 아직 시간이 남아 있었어.

나를 죽인 그들에게 가자.

하지만 그들이 어디 있을까.

공터의 축축한 모래흙에, 거기 드리워진 검푸른 숲그늘에 어른 거리며 나는 생각했어. 어떻게, 어디로 가야 할까. 괴롭지 않았어, 썩어가던 내 거뭇한 얼굴이 이제 깨끗이 사라질 것이. 아깝지 않았어, 그 치욕스러운 몸이 남김없이 불타버릴 것이. 목숨을 가졌을 때 그랬던 것처럼 난 단순해지고 싶었어. 아무것도 두려워하고 싶지 않았어.

너에게 가자.

그러자 모든 게 분명해졌어.

서두를 것 없었어. 해가 뜨기 전에 날아오르면 불빛이 모여 있는 도심으로 가는 방향을 찾을 수 있겠지. 동터오는 거리를 더듬어 너와 내가 살던 집으로 어른어른 나아갈 수 있겠지. 어쩌면 넌 그동안 누나를 찾아냈을지도 몰라. 너를 따라가면 누나의 몸을 찾을 수 있을지도 몰라. 그 몸 언저리에 어른거리고 있는 누나를 만날 수 있을지도 몰라. 아니, 누나는 이미 우리가 살던 방에 돌아와, 나를 기다리며 그 창틀에, 차가운 댓돌 위에 어른거리고 있을지도 몰라.

*

사위어가는 잔불의 주황빛 불꽃 사이로 나는 스며들어가보았어. 세찬 불길 속에서 몸들의 탑은 무너져, 뒤섞인 뜨거운 유골들을 더는 구별할 수 없었어.

고요한 새벽이었어.

불길이 사그라지며 숲은 다시 어두워졌어.

어린 군인들은 흙바닥에 무릎을 세우고 앉아, 서로의 어깨에 기대어 죽은 듯 잠들어 있었어.

소리가 들린 건 그때였어.

한번에 수천개의 불꽃을 쏘아올리는 것 같은 폭약 소리. 먼 비명 소리. 한꺼번에 숨들이 끊어지는 소리. 놀란 혼들이 한꺼번에 몸들에서 뛰쳐나오는 기척.

그때 너는 죽었어.

그게 어디인지 모르면서, 네가 죽은 순간만을 나는 느꼈어.

빛이 없는 허공으로 번지며 나는 위로, 더 위로 올라갔어. 캄캄했어. 도시의 어느 방향으로도, 어느 구역, 어느 집에도 불이 켜져 있지 않았어. 눈부신 불꽃들이 뿜어져나오는 곳은 멀리 있는 한 지점뿐이었어. 연달아 쏘아올려지는 조명탄 불빛들을, 번쩍이며 흩튀는 총신들의 불꽃을 나는 봤어.

그때 그곳으로 가야 했을까. 그곳으로 힘차게 날아갔다면 너를, 방금 네 몸에서 뛰쳐나온 놀란 너를 만날 수 있었을까. 여전히 눈에서 피가 흐르는 채, 서서히 조여오는 거대한 얼음 같은 새벽빛 속에서 나는 어디로도 움직일 수 없었어.

3장
일곱개의 뺨

그녀는 일곱대의 뺨을 맞았다. 수요일 오후 네시경이었다. 같은 자리를 연달아 세게 맞았기 때문에, 몇번째 따귀부터였는지 모르지만 오른쪽 광대뼈 위로 실핏줄이 터졌다. 흐르는 피를 손바닥으로 문질러 닦으며 그녀는 거리로 걸어나왔다. 십일월 하순의 공기가 맑고 찼다. 회사로 돌아가야 하나. 그녀는 잠시 횡단보도 앞에 서 있었다. 빠른 속도로 뺨이 부푸는 게 느껴졌다. 귓속이 먹먹했다. 더 맞았다면 고막이 터졌을지도 모른다. 이뿌리에 고여 있던 비릿한 피를 삼키며, 집으로 가기 위해 그녀는 정류장을 향해 걸었다.

뺨 하나

일곱대의 뺨을 그녀는 이제부터 잊을 것이다. 하루에 한대씩, 일주일 만에 잊을 것이다. 그러니까 오늘이 그 첫날이다.

그녀는 자취방 문을 열쇠로 열고 들어간다. 구두를 가지런히 벗어놓고, 코트 단추를 풀지 않은 채 방바닥에 모로 눕는다. 구안와사가 오면 안되니까 팔을 접어 왼뺨 아래에 받친다. 오른뺨은 계속 부풀고 있다. 오른쪽 눈이 크게 떠지지 않는다. 어금니 위쪽에서 시작된 치통이 욱신욱신 관자놀이로 번진다.

그 자세로 이십분 가까이 누워 있다가 그녀는 몸을 일으킨다. 외출복을 벗어 옷걸이에 걸어놓는다. 흰 내복 바람으로 슬리퍼를 꿰어신고 세면장으로 나온다. 대야에 찬물을 받아 부은 얼굴에 끼얹는다. 잘 벌어지지 않는 입을 열어 살살 문지르듯 이를 닦는다. 전화벨이 울리다가 끊긴다. 젖은 발을 수건으로 닦고 방으로 들어가자 다시 전화벨이 울린다. 그녀는 수화기를 향해 손을 뻗었다가, 생각을 바꿔 전화선을 뽑아버린다.

받으면 뭐하나.

입속으로 중얼거리며 그녀는 요와 솜이불을 편다. 허기가 느껴지지 않는다. 억지로 뭔가 먹는다 해도 곧 체할 것이다. 이불 속이 차가워 그녀는 몸을 웅크린다. 좀 전의 전화는 회사에서, 아마 편집장이 걸어왔을 것이다. 그가 묻는 대로 그녀는 대답해야 했을 것이다. 괜찮아요, 그냥 몇대 맞았습니다. 아니요, 따귀만요. 출근은 할 수 있어요. 괜찮아요, 병원은 안 가도 됩니다. 얼굴이 부은 것뿐이니까요. 그러느니 전화선을 뽑아버린 건 잘한 일이다.

서서히 몸을 덥혀주는 솜이불의 훈기에 그녀는 허리와 팔다리를 편다. 벌써 어두워진 저녁 여섯시의 창문을 올려다본다. 외등 불빛 때문에 창문의 일부가 탁한 주황색으로 보인다. 편한 자세와 훈기 덕택에 긴장이 풀리자 뺨의 통증이 더 생생해진다.

이제 어떻게 첫 뺨을 잊을까.

사내가 첫 뺨을 때렸을 때 그녀는 소리를 내지 않았다. 다음 따귀가 날아오기 전에 몸을 피하지도 않았다. 의자에서 일어서거나, 조사실 탁자 아래 웅크려 숨거나, 문을 향해 달아나는 대신 가만히 숨을 죽인 채 기다렸다. 사내가 멈추기를, 그만 때리기를 기다렸다. 두번째에도, 세번째에도, 네번째까지도 그게 마지막일 거라고 믿었다. 다섯번째로 손바닥이 날아왔을 때 생각했다. 멈추지 않겠구나, 계속 때리겠구나. 여섯번째에는 더이상 아무것도 생각하지 않았다. 숫자를 이어 세지도 않았다. 일곱번째 따귀를 올려붙인 사내가 탁자 맞은편의 접이의자에 기대앉았을 때에야, 다섯에서 끊겼던 숫자에 둘을 더해 셈을 완성했다. 일곱대.

사내의 얼굴은 평범했다. 전체적으로 요철이 없는 얼굴에 입술이 얇았다. 칼라가 넓은 미색 와이셔츠에 통이 넓은 회색 양복바지를 입었고, 유난히 버클이 반짝거리는 혁대를 하고 있었다. 만일 우연히 거리에서 만났다면 평범한 회사의 주임이나 과장처럼 보였을 것이다. 그 평범하고 얇은 입술을 열어 사내가 말했다. 개 같은 년.

너 같은 년은 여기서 어떻게 돼도 아무도 몰라, 쥐새끼 같은 년.

오른뺨의 실핏줄이 터진 것을 아직 모르는 채 그녀는 사내의 얼굴을 멍하게 건너다보았다.

쥐도 새도 모르게 죽기 싫으면 내 말 들어. 그 새끼 어딨어.

사내가 그 새끼라고 부르는 번역자를 그녀는 보름 전 청계천변의 제과점에서 만났다. 갑자기 쌀쌀해져 스웨터를 꺼내 입은 날이었다. 그녀는 보리차 잔에서 탁자로 번져나온 물기를 냅킨으로 닦은 뒤 교정지 묶음을 꺼냈다. 맞은편에 앉은 번역자가 바로 볼 수 있도록 방향을 돌려 탁자 위에 놓았다. 천천히 보세요, 선생님. 그녀가 식은 보리차와 함께 소보로빵의 바삭바삭한 부분을 뜯어 먹는 동안 그는 꼼꼼히, 거의 한시간에 걸쳐 원고를 훑어보았다. 자잘한 수정사항과 윤문에 대해 그녀의 의견을 물었고, 마지막으로 함께 목차를 체크하자고 제안했다. 그녀는 의자를 그의 옆으로 옮겨, 교정지를 한장씩 넘겨가며 목차와 함께 수정사항들을 재차 확인했다. 헤어지기 전에 그녀가 물었다. 책이 나오면 어떻게 연락드릴까요? 그는 웃으며 대답했다. 제가 서점에서 찾아서 보겠습니다. 그녀는 가방에서 봉투를 꺼내 내밀었다. 이건 사장님이 미리 챙겨드리라고 하셔서요, 초판 인세예요. 그는 말없이 그것을 받아 점퍼 안주머니에 넣었다. 다음 인세부턴 어떻게 할까요? 나중에, 제가 연락드리겠습니다. 그의 인상은 막연히 상상했던 수배자의 그것과 거리가 멀었다. 벌레 한마리 못 죽일 듯 소심해 보이는 눈매에, 간이 좋지 않은지 전체적으로 피부가 노릇했고 턱과 배에 살집이 붙어 있었다. 오랫동안 실내에서만 생활해왔기 때문일 것이다. 죄송스럽습니다, 날도 찬데 이렇게 멀리 나오시게 해서. 지나치게 깍듯한 그의 말씨에, 까마득히 손아래인 그녀는 잠자코 웃었다.

이거, 네년 서랍에서 나온 거…… 이거 그 새끼 필체 아냐. 이러고도 어딨는지 몰라?

거친 동작으로 탁자 위에 교정지 묶음을 던져놓는 사내의 눈을 피해 그녀는 먼지 낀 백열등을 올려다봤다. 다시 때리겠구나, 생각하며 두 눈을 깜박였다.

그 순간 왜 분수대가 떠올랐는지 모른다. 짧게 감은 눈꺼풀 속에서 유월의 분수대가 눈부신 물줄기를 뿜었다. 버스를 타고 그 앞을 지나가던 열아홉살의 그녀는 눈을 질끈 감았었다. 하나하나의 물방울들이 내쏘는 햇빛의 예리한 파편들이, 달궈진 눈꺼풀 안쪽까지 파고들어 눈동자를 찔렀다. 집 앞 정류장에서 내리자마자 그녀는 공중전화 부스로 들어갔다. 책가방을 바닥에 내려놓고, 이마에 흐르는 땀을 주먹으로 훔치며 전화기에 동전을 넣었다. 114 버튼을 누르고 기다렸다. 도청 민원실 부탁합니다. 안내받은 전화번호를 누르고 다시 기다렸다. 분수대에서 물이 나오고 있는 걸 봤는데요, 그래서는 안된다고 생각합니다. 떨리던 그녀의 목소리가 점점 또렷해졌다. 어떻게 벌써 분수대에서 물이 나옵니까. 무슨 축제라고 물이 나옵니까. 얼마나 됐다고, 어떻게 벌써 그럴 수 있습니까.

가족한테도 안 알렸다는 연락처를, 처음 만난 출판사 직원한테 왜 알려주겠어요.

계속해서 눈을 깜박이며 그녀가 사내에게 말했다.

……정말 저는 모릅니다.

사내의 주먹이 탁자를 내리쳤다. 그녀는 움찔 의자 등받이를 향해 물러나 앉았다. 한번 더 얼굴을 맞은 것처럼 손바닥으로 광대뼈를 쓸었다. 피 묻은 손을 그제야 놀라며 들여다봤다.

어떻게 잊을까, 어둠속에서 그녀는 생각한다.

어떻게 첫 뺨을 잊을까.

처음에 말없이 그녀를 바라보던, 사무적인 일을 앞둔 사람처럼 침착하던 사내의 눈을.

그가 손을 쳐들었을 때, 설마 때리는 건가, 생각하며 앉아 있었던 그녀 자신을.

목뼈가 어긋난 것 같았던 첫 충격을.

뺨 둘

점심시간을 앞두고 인쇄소에서 박 양이 왔다. 여고 학생복 같은 감색 반코트에 운동화 차림이었다. 인쇄소 사장의 친척이라는 박 양은 나이에 비해 넉살이 좋은데다 생글생글 웃는 인상이어서 누구나 좋아했다. 박 양 왔어요? 활짝 환대하던 편집장의 표정이, 교정지에 얼굴을 묻고 있다 고개를 든 그녀와 눈이 마주치자 곧 굳어졌다. 호기심 어린 박 양의 눈길이 편집장의 눈길을 따라와 그녀의 얼굴에 멈췄다.

어머!

놀라는 박 양에게 그녀는 반쯤 웃으며 물었다.

가제본 벌써 나왔어요?

그녀의 얼굴에서 눈을 떼지 못하며 박 양이 서류봉투에서 가제본을 꺼냈다.

얼굴이 왜 그래요?

제작부 윤 대리를 돌아보며 박 양이 다시 물었다.

은숙 언니 얼굴이 왜 이래요?

윤 대리가 대답 없이 고개를 젓자 박 양은 커다랗게 뜬 눈으로 편집장을 보았다.

글쎄, 오늘은 그냥 들어가라고 해도 저 고집입니다.

초로의 편집장이 담배를 꺼내 물었다. 의자 뒤편의 창문을 열고 고개를 바깥으로 빼고는 볼이 움푹 파이도록 연기를 빨았다 뱉었다. 무엇을 입어도 지치고 후줄근해 보이는 사람이었다. 자식뻘 되는 사람들에게도 꼬박꼬박 존칭을 쓰는 사람. 이 손바닥만 한 출판사의 사장이자 편집장이지만, 사장이란 호칭은 싫다며 편집장이라고만 부르게 하는 사람. 형사가 그녀에게 행방을 추궁했던 번역자의 고교 동기동창.

그녀가 박 양과 얘기를 끝내자 편집장이 담배를 눌러끄며 말했다.

김 양, 고기 먹을래요? 내가 고기 사줄게. 저기 삼거리집에서 쇠

고기 안창살. 박 양도 안 바쁘면 같이 먹고 가지.

편집장이 지나치게 친절해져서 그녀는 이상한 기분이 들었다. 미처 깊이 생각해보지 않았던 의문이 문득 떠올랐다. 그는 그녀보다 먼저, 어제 오전 일찍 서대문경찰서에 다녀왔다. 어떻게 그는 자신이 아무것도 모른다는 사실을 그들에게 설득시켰을까.

괜찮아요.

그녀는 정색을 하고 대답했다. 웃으면 부은 얼굴이 아프기 때문에 어쩔 수 없었다.

저 고기 안 좋아하잖아요.

그렇지, 김 양은 고기 안 좋아하지.

편집장이 거푸 고개를 주억거렸다.

그녀는 고기를 좋아하지 않는다기보다, 불판 위에서 고기가 익어가는 순간을 견디지 못했다. 살점 위에 피와 육즙이 고이면 고개를 돌렸다. 머리가 있는 생선을 구울 때는 눈을 감았다. 프라이팬이 달궈지며 얼었던 눈동자에 물기가 맺히고, 벌어진 입에서 희끗한 진물이 흘러나오는 순간, 그 죽은 물고기가 뭔가를 말하려 하는 것 같은 순간을 외면했다.

그럼 뭐? 뭐 먹고 싶어요, 김 양?

듣고 있던 박 양이 얼른 끼어들었다.

저 여기서 비싼 거 얻어먹고 가면 사장님한테 혼나요. 저번에 갔던 밥집 가요.

윤 대리까지 넷이서 사무실 문을 잠그고 나와 삼거리 고깃집 옆에 있는 함바집에 갔다. 여름이면 엄지발톱이 까맣게 썩은 맨발에 슬리퍼를, 겨울이면 알록달록 누빈 솜버선에 털신을 신는 주인 여자가 가정식 백반을 파는 곳이었다. 석유곤로 옆자리에 앉아 그들은 식사가 나오기를 기다렸다.

박 양, 몇살이라고 그랬지요?

벌써 다섯번쯤 들었을 편집장의 질문에 박 양은 서글서글한 말씨로 대답했다.

열아홉살이에요.

정 사장이 삼촌이라고 그랬나?

아니요, 당숙이에요. 아버지하고 사촌이세요.

촌수가 가깝지 않은데도 닮은 두사람의 외모와, 그 때문에 딸이라고 오해받았던 몇가지 사건에 대해 박 양은 반죽 좋게 생글생글 이야기해주었다. 아내가 만삭이라는 신혼의 윤 대리는 박 양의 한마디가 끝날 때마다 실소를 참지 못하고 킬킬거렸다.

식사가 끝날 무렵 편집장이 그녀에게 물었다.

내일 검열과엔 내가 다녀올까.

고지식한 그녀가 사양할 것을 알면서 묻는 것이었다.

늘 제가 하던 일인데요.

글쎄, 어제도 고생 많이 했는데, 내가 그냥 미안해서.

말끝을 곰곰이 곱씹으며 그녀는 편집장의 얼굴을 건너다봤다. 그는 어떻게 무사히 그곳을 나올 수 있었을까. 그저 사실만을 말했을까. *김은숙이 담당 편집잡니다. 둘이서 청계천변 제과점에서 만*

나 마지막 교정을 봤습니다. 그외에는 아무것도 모릅니다. 다만 사실만을 말했는데, 양심이라는 쓸쓸한 것이 그의 심장 언저리를 가만히 찌르는 걸까.

아니요, 항상 제가 하던 일인데요.

그녀는 좀 전에 했던 말을 반복했다. 박 양을 흉내 내듯 웃다 말고 통증을 느껴, 부푼 오른뺨이 편집장에게 보이지 않도록 고개를 외틀었다.

모두 퇴근한 사무실에서 그녀는 먹색 목도리를 눈 밑까지 올려 둘렀다. 석유난로를 한번 더 점검하고 전등을 모두 끈 뒤 두꺼비집까지 내렸다. 캄캄해진 사무실의 유리문을 열고 나가기 직전에, 망설이듯 잠시 눈을 감았다 떴다.

저녁 바람은 차가웠다. 유일하게 드러난 부분인 눈언저리의 살갗이 시렸다. 하지만 버스를 타고 싶지 않았다. 종일 앉아서 하는 근무가 끝난 뒤, 다섯 정거장 거리의 집까지 서두르지 않고 걷는 시간을 그녀는 좋아했다. 걷는 동안 두서없이 떠오르는 생각들을 그녀는 굳이 밀어내지 않았다.

그 사내는 왼손잡이여서 왼손으로 내 오른뺨을 때렸을까.

하지만 탁자에 교정지를 던질 때, 볼펜을 내밀 때는 분명히 오른손을 사용했는데.

누군가를 공격할 땐 본능적으로 감정에 관계된 왼손이 움직이는 건가.

차멀미를 하기 직전처럼 혀 뒤쪽이 썼다. 목젖과 식도와 위에서 동시에 느껴지는 구역질이 익숙한 것이었으므로, 그 익숙한 감각이 언제나처럼 너를 떠올리게 했으므로 그녀는 억지로 침을 삼켰다. 침을 삼켜도 속이 가라앉지 않아, 코트 주머니에서 껌을 꺼내 씹기 시작했다.

그런데 그 손은 보통의 남자들보다 작은 편이지 않았나.

무채색 반코트를 입은 남자들과 하얀 마스크를 쓴 여고생들, 시리게 종아리를 드러낸 퇴근길의 여자들 사이로 그녀는 고개를 수그린 채 걸었다.

어디서나 흔히 볼 수 있는 손, 특별히 크지도 두껍지도 않은 손이지 않았나.

목도리 아래로 여전히 부풀어 있는 뺨을 느끼며 그녀는 걸었다. 독한 아카시아 향이 나는 껌을 왼쪽으로만 씹으며 걸었다. 아무 데로도 도망가지 않고, 아무 말도 하지 않고, 두번째로 날아올 그 손을 숨죽여 기다리던 자신을 기억하며 걸었다.

뺨 셋

그녀는 덕수궁 앞 버스 정류장에 내려선다. 어제처럼 목도리를 눈 밑까지 올려 두르고 있다. 목도리 속에 감춘 뺨은 이제 부기가 가라앉았다. 대신 정확히 손바닥 크기의 불그죽죽한 피멍이 반점처럼 새겨져 있다.

실례합니다.

시청 앞에 다다랐을 때, 건장한 체격의 사복경찰이 그녀를 멈춰 세운다.

가방 열어주십시오.

이런 순간엔 자신의 일부를 잠시 떼어놓아야 한다는 것을 그녀는 알고 있다. 여러번 접어 해진 자국을 따라 손쉽게 접히는 종이처럼 의식의 한 부분이 그녀로부터 떨어져나간다. 수치 없이 그녀는 가방을 열어 보인다. 손수건과 아카시아껌과 필통과 가제본, 튼 입술에 바르는 바셀린과 수첩과 지갑이 담겨 있다.

어떻게 오셨습니까?

검열과에 왔는데요. 출판사 직원입니다.

그녀는 눈을 들어 사복경찰의 눈을 마주 본다.

그가 지시하는 대로 그녀는 지갑에서 주민등록증을 꺼낸다. 생리대가 들어 있는 헝겊 주머니를 그가 뒤적이는 모습을 숨죽여 지켜본다. 이틀 전 경찰서 조사실에서 그랬던 것처럼. 사년 전 진눈깨비가 내리던 사월, 재수 끝에 들어간 대학의 학생식당에서 그랬던 것처럼.

그날 학생식당에서 그녀는 늦은 점심을 먹고 있었다. 큰 소리로 유리문이 열리며 학생들이 뛰어들어왔다. 고함 소리와 함께 사복형사들이 뒤따라 들어왔다. 식당 곳곳으로 흩어지는 학생들을 쫓아가 곤봉을 휘두르는 사내들의 모습을, 그녀는 숟가락을 쥔 채 멍하게 지켜보았다. 한 형사가 특별히 흥분해 있었다. 기둥 옆에 혼자 앉아 카레라이스를 먹던 통통한 남자애 앞에 멈추더니, 맞은편에 놓여 있던 접이식 의자를 집어들고 휘둘렀다. 남자애의 이마에서 터진 피가 얼굴을 덮었다. 그녀의 손에서 숟가락이 떨어졌다. 그걸 주우려고 무심코 허리를 수그렸다가 바닥에 떨어진 유인물을 주웠다. 굵은 글씨가 눈에 들어왔다. *학살자 전두환을 타도하라.* 그 순간 억센 손이 그녀의 머리채를 움켜쥐었다. 유인물을 뺏고 그녀를 의자에서 끌어냈다.

  학살자 전두환을 타도하라.
  뜨거운 면도날로 가슴에 새겨놓은 것 같은 그 문장을 생각하며 그녀는 회벽에 붙은 대통령 사진을 올려다본다. 얼굴은 어떻게 내면을 숨기는가, 그녀는 생각한다. 어떻게 무감각을, 잔인성을, 살인을 숨기는가. 창 아래 등받이 없는 의자에 걸터앉아 그녀는 손톱들의 거스러미를 뜯어낸다. 실내가 따뜻하지만 목도리를 내릴 수는 없다. 문신 같은 뺨의 상처가 라디에이터의 열기에 달아오른다.
  보안사 군복을 입은 담당자가 출판사의 이름을 호명해 그녀는 창구로 다가선다. 어제 박 양이 가져온 가제본을 제출한 뒤, 이주 전에 제출해 심사가 끝난 가제본을 가지고 가겠다고 말한다.
  기다리십시오.
  살인자의 사진 액자 아래 반투명한 간유리가 끼워진 문이 있다. 그 문 안쪽에서 검열관들이 일한다는 것을 그녀는 알고 있다. 한번도 얼굴을 본 적 없는, 군복을 입은 중년의 검열관들이 책상 가득 책을 펼쳐놓고 있는 모습을 그녀는 상상한다. 담당자는 익숙한 걸음걸이로 그 문을 열고 들어갔다가, 삼분 남짓한 시간이 흐른 뒤 자리로 돌아온다.

여기 사인하십시오.

담당자가 장부를 내밀었을 때 그녀는 주저한다. 방금 그가 창구에 내려놓은 가제본의 모습이 한눈에 이상해 보였기 때문이다.

사인하십시오.

장부에 서명한 뒤 그녀는 가제본을 받아든다.

말은 더이상 필요하지 않다. 그들은 집도를 끝냈고, 그 결과물을 그녀에게 넘겨주었다.

창구를 등지고 그녀는 서너걸음 걸어간다. 의자들 사이에 엉거주춤 선 채 가제본을 넘긴다. 한달 동안 그녀가 타이핑과 원문 대조와 삼교를 마쳐 거의 외우다시피 한, 이제 인쇄 절차만 남아 있는 책이다.

그녀가 받은 첫번째 느낌은, 페이지들이 불탔다는 것이다. 불에 타서 검은 숯덩어리가 되었다.

검열과에 가제본을 제출한 뒤 정해진 기일에 찾아오는 것은 그녀가 입사한 뒤 매달 반복해온 일이었다. 서너군데, 많게는 여남은 군데 먹선으로 지워진 부분들을 확인하고 기운이 빠져서 회사로 돌아가, 수정 작업을 거친 가제본을 인쇄소에 넘기곤 했다.

하지만 이번엔 다르다. 이 가제본의 도입부 열 페이지 정도는 절

반 이상의 문장들에 먹줄이 그어져 있다. 그다음 삼십 페이지 가량
은 거의 대부분의 문장들에 먹줄이 그어져 있다. 그렇게 오십 페이
지를 넘어가자, 선을 긋는 것이 수고스러웠는지 잉크에 담근 롤러
로 페이지 전체를 검게 지워놓았다. 낱장들을 흠뻑 적신 잉크 때문
에, 가제본은 삼각기둥과 흡사한 형상으로 부풀어 있다.

곧 부스러질 검은 숯 같은 그것을 그녀는 가방에 넣었다. 숯이
아니라 쇠를 넣은 것같이 가방이 무겁다. 어떻게 그 사무실을 걸어
나왔는지, 어떻게 복도를 통과해 사복경찰이 서 있는 정문을 빠져
나왔는지 기억할 수 없다.

이 희곡집은 이제 출판할 수 없다. 처음부터 헛수고를 한 것이다.

앞쪽의 열 페이지에 드문드문 살아남은 문장들을 그녀는 머릿속
으로 더듬는다.

당신들을 잃은 뒤, 우리들의 시간은 저녁이 되었습니다.

우리들의 집과 거리가 저녁이 되었습니다.

*더이상 어두워지지도, 다시 밝아지지도 않는 저녁 속에서 우리
들은 밥을 먹고, 걸음을 걷고 잠을 잡니다.*

거칠게 꿰매어진 문장들, 문단째로 검게 지워진 자리들, 우연히
형상을 드러낸 단어들을 그녀는 생각한다. *당신을. 나는. 그것은.
아마도. 바로. 우리들의. 모든 것이. 당신은. 어째서. 바라봅니다. 당
신의 눈은. 가까이에서 멀리에서. 그것은. 또렷이. 지금. 좀더. 희미
하게. 왜 당신은. 기억했습니까.* 숯이 된 문장과 문장들 사이에서

그녀는 숨을 몰아쉰다. 어떻게 분수대에서 물이 나옵니까. 무슨 축제라고 물이 나옵니까.

칼을 찬 장수의 검은 동상을 등지고, 멈추지 않고 그녀는 걷는다. 목도리를 눈 밑까지 올리고는 숨을 쉴 수 없어, 시큰거리는 붉은 광대뼈를 드러낸 채 걷는다.

뺨 넷

세번째 따귀 다음에 네번째 따귀가 날아왔다. 그녀는 사내의 손이 날아오기를 기다리고 있었다. 아니, 사내의 손이 멈추기를 기다리고 있었다. 아니, 무엇도 기다리고 있지 않았다. 그냥 맞았다. 사내가 때리는 대로 맞았다. 그걸 그녀는 잊어야 한다. 네번째 따귀를 오늘 잊을 것이다.

사무실 복도 끝의 세면장에서 그녀는 수도꼭지를 열어 차가운 물에 손을 적신다. 파마를 하지 않아도 곱슬곱슬한 긴 머리를 물 묻은 손으로 가라앉혀 정돈한 뒤 검은 고무 밴드로 질끈 묶는다.

그녀는 화장을 하지 않는다. 바셀린 말고는 아무것도 입술에 바르지 않는다. 얼굴을 뽀얗게 만드는 일, 화사한 옷을 입거나 굽이 높은 구두를 신는 일, 향수를 뿌리는 일을 하지 않는다. 오늘은 한시에 근무가 끝나는 토요일이지만 함께 점심을 먹을 남자친구는 없다. 짧은 대학 생활 동안 사귀어놓은 친구도 없다. 그녀는 언제나처럼 조용히 자취방으로 돌아갈 것이다. 뜨거운 물에 찬밥을 말아 먹은 뒤 잠들 것이다. 잠 속에서 네번째 따귀를 잊을 것이다.

세면장을 나와 사무실을 향해 걸어가는 복도는 한낮에도 채광이 좋지 않다. 김은숙 씨, 하고 반갑게 부르는 소리에 그녀는 고개를 든다. 작은 창의 빛을 등지고 활달하게 걸어오는 서 선생의 걸음걸이를 곧 알아본다. 울림이 좋은 음성으로 그가 인사한다.

잘 있었어요, 김은숙 씨?

안녕하세요, 그녀가 목례하자 서 선생의 눈이 갈색 뿔테 안경 속에서 커진다.

아이고, 얼굴이 왜 그럽니까?

좀 다쳤어요.

그녀는 반쯤 웃는다.

어쩌다가 얼굴을 다……

그녀가 주저하자 그는 서글서글하게 화제를 돌린다.

문 사장 안에 있어요?

오늘 안 나오셨는데요, 결혼식이 있으시다고.

저런? 엊저녁에 통화할 때는 사무실에 있을 거라고 했는데.

그녀는 잠자코 사무실 문을 연다.

들어오세요, 선생님.

미색 레이스보를 깔아놓은 손님 접대용 탁자로 그를 안내하는 그녀의 뺨에 경련이 인다. 탕비실로 그녀는 들어간다. 시큰거리는 오른뺨에, 긴장이 느껴지는 왼뺨에 차례로 두 손을 얹는다. 침착하려 애쓰며 커피포트를 데운다. 그녀가 그 책을 숯덩어리로 만든 게 아닌데, 왜 거짓말을 들킨 것처럼 손이 떨리는 것인지 알 수 없다. 지금 편집장은, 아니 사장은 왜 없는 걸까. 이 불편한 자리를 피하려고 일부러 결근한 걸까.

어제저녁에 통화하면서 문 사장이 한숨만 쉬던데…… 대체 얼마나 삭제가 된 건지 직접 보려고 왔습니다.

탁자에 커피잔을 올려놓는 그녀에게 서 선생이 말한다.

책이 못 나온다 해도 공연은 올릴 겁니다. 같은 사람들이 대본 검열을 할 테니까, 문제 됐던 부분은 삭제하든지 고치든지 해서 일단 통과시켜야죠.

그녀는 자신의 책상으로 걸어가 맨 아래 서랍을 연다. 가제본을 두 손으로 들고 가 탁자에 내려놓는다. 사람 좋은 웃음을 습관적으로 입가에 머금고 있는 서 선생을 마주 보고 앉는다. 그는 놀란 듯했지만, 곧 침착하게 가제본을 넘겨 보기 시작한다. 전면을 잉크 롤러로 뭉개어놓은 부분들도 일일이 확인하며 낱장들을 넘긴다.

죄송합니다, 선생님.

판권이 실린 마지막 페이지를 짚는 그의 손을 보며 그녀는 말한다.

정말 죄송합니다. 드릴 말씀이 없습니다.

김은숙 씨.

그녀는 눈을 들어 서 선생의 당황한 얼굴을 본다.

왜 그럽니까, 김은숙 씨?

흠칫 놀라 그녀는 손으로 눈언저리를 닦는다. 일곱번 따귀를 맞고도 한차례도 울지 않았는데, 왜 갑자기 지금 눈물이 흐르는 건지 알 수 없다.

죄송합니다.

끈적끈적한 샘처럼 계속 새어나오는 눈물을 빠르게 두 손으로 닦아내며 그녀가 말한다.

정말 죄송합니다, 선생님.

김은숙 씨가 뭐가 미안합니까? 왜 나한테 사과를 해요.

서 선생이 탁자에 가제본을 내려놓는다. 그걸 몸 쪽으로 끌어오려던 그녀의 손이 얼결에 커피잔을 엎지른다. 서 선생의 손이 날렵하게 가제본을 들어올린다. 그것이 젖지 않도록. 그 지워진 책 속에 아직 무엇이 남아 있기라도 한 것처럼.

뺨 다섯

일요일이니 늦잠을 잘 생각이었는데, 언제나처럼 네시가 채 안되어 그녀는 눈을 떴다.

어둠속에 잠시 앉아 있다가 부엌에 나갔다. 찬물을 한모금 마시고, 다시 잠이 올 것 같지 않아 빨래를 시작했다. 밝은색 양말과 수건, 흰 셔츠를 소용량 세탁기에 넣고 돌렸다. 짙은 회색 스웨터와 속옷은 손빨래해서 소쿠리에 펼쳐 널었다. 청바지는 색깔 빨래가 더 모일 때까지 세탁 바구니에 두기로 했다. 규칙적으로 돌아가는 세탁기 소리를 들으며 부엌 바닥에 쪼그려앉아 있자니 까무룩 다시 졸음이 왔다.

그래, 자자.

방에 들어가 눈을 붙이자 딱딱한 요, 딱딱한 장판 바닥과 함께 그녀의 상반신이 딱딱하게 굳으며 아래로 내려가기 시작했다. 뒤척일 수도, 신음을 낼 수도 없었다. 서서히 하강이 멈추자 이번엔 공간이 좁아지기 시작했다. 거대한 시멘트 벽 같은 것이 그녀의 가슴과 이마를, 등과 뒤통수를 동시에 눌러 압착시켰다.

숨을 몰아쉬며 그녀는 눈을 떴다. 마지막 탈수 코스를 돌아가는 세탁기 소리가 들렸다. 어둠속에서 좀더 기다리자, 숨이 멎듯 세탁기가 멈추며 높은 신호음이 들렸다.

몸을 일으키지 않은 채 그녀는 어둠을 향해 눈을 뜨고 있었다. 아직 넉대의 뺨도 잊지 못했는데, 오늘 다섯번째 뺨을 잊어야 한다. 더이상 세지 말자,라고 생각했던 다섯번째 뺨. 살갗이 따갑게 벗겨지는 것 같다고 느꼈던, 광대뼈 언저리에서 피가 새어나오기 시작했을 다섯번째 뺨.

세면장에 쳐놓은 줄에 빨래를 넌 뒤 방으로 돌아왔지만 아직 날이 밝으려면 멀었다.

이불을 개켜 서랍장 위에 얹고, 책상을 치우고 서랍을 정리했지만 여전히 날이 밝으려면 멀었다. 화장대로 쓰는 교자상까지 깨끗이 정돈하고, 그 위에 세워놓은 반신 거울 앞에서 그녀는 잠시 손을 쉬었다. 거울의 내부는 언제나처럼 고요하고 차가운 세계였다. 그 세계에서 자신을 건너다보는 낯익은 얼굴을, 아직 푸르스름하게 멍든 뺨을 그녀는 무심하게 들여다보았다.

모두가 그녀에게 귀엽게 생겼다고 말하던 때가 있었다. 눈 코 입이 조금씩 튀어나온 게 밉지 않고 귀엽구나, 머리는 꼭 흑인 댄서 같구나, 미용실에서 파마 안해도 되겠다야. 그러나 열아홉살의 여름이 지나자 누구도 그녀에게 그런 말을 하지 않았다. 이제 그녀는 스물네살이고 사람들은 그녀가 사랑스럽기를 기대했다. 사과처럼 볼이 붉기를, 반짝이는 삶의 기쁨이 예쁘장한 볼우물에 고이기를 기대했다. 그러나 그녀 자신은 빨리 늙기를 원했다. 빌어먹을 생명이 너무 길게 이어지지 않기를 원했다.

그녀는 물걸레로 구석구석 방을 훔쳤다. 걸레를 빨아 널고 돌아와 책상 앞에 앉았지만 아직도 날이 밝으려면 멀었다. 아무것도 읽지 않고 가만히 앉아 있으려니 허기가 느껴졌다. 어머니가 부쳐준 올배쌀을 공기에 담아와 다시 책상 앞에 앉았다. 묵묵히 쌀알을 씹으며 그녀는 생각했다. 치욕스러운 데가 있다, 먹는다는 것엔. 익숙한 치욕 속에서 그녀는 죽은 사람들을 생각했다. 그 사람들은 언제까지나 배가 고프지 않을 것이다, 삶이 없으니까. 그러나 그녀에게는 삶이 있었고 배가 고팠다. 지난 오년 동안 끈질기게 그녀를 괴롭혀온 것이 바로 그것이었다. 허기를 느끼며 음식 앞에서 입맛이 도는 것.

그해 겨울, 입시에 실패하고 집 밖으로 나가지 않는 그녀에게 어머니는 말했다. 그냥 눈 딱 감고 살아주면 안되겠냐. 내가 힘들어서 그런다. 그냥 다 잊어불고 남들같이 대학 가서 네 밥벌이 네가 하고, 좋은 사람 만나 살고…… 그렇게 내 짐을 덜어주면 안되겠냐.

누구의 짐도 되고 싶지 않았으므로 그녀는 다시 공부를 했다. 되도록 멀리 가겠다는 마음으로 서울에 있는 대학에 지원했다. 물론 그곳은 피신처가 아니었다. 사복경찰이 교내에 상주했고, 그들에게 연행된 학생들은 최전방으로 강제 입대됐다. 위험이 컸기 때문에 집회는 자주 열릴 수 없었다. 대신에 인생을 건 싸움이었다. 중앙도서관 유리창이 안쪽에서 깨지고 긴 현수막이 외벽을 따라 늘어뜨려지면 그것이 신호였다. 살인마 전두환을 타도하라. 옥상 기둥에 밧줄을 묶고 자신의 몸에도 감은 뒤 뛰어내리는 학생도 있었다. 사복경찰이 올라와 밧줄을 끌어당기는 시간을 벌려는 거였다. 그가 밧줄에 매달린 채 유인물을 뿌리고 구호를 외치는 동안, 삼사십명의 앳된 남녀 학생들이 도서관 앞 광장에서 스크럼을 짜고 노래를 불렀다. 진압이 거칠고 신속했기 때문에, 한곡이 끝까지 불리는 일은 없었다. 그걸 멀리서 지켜본 날 밤이면 그녀는 잠을 설쳤다. 잠들었다가도 가위에 눌려 곧 깨었다.

그녀의 아버지가 뇌출혈로 오른쪽 몸을 못 쓰게 된 것은 첫 기말고사가 끝난 유월이었다. 알음알음으로 약국 보조원 자리를 얻은 어머니가 생계를 꾸리기 시작했다. 그녀는 휴학했다. 낮에는 아버지를 돌보고, 어머니가 퇴근한 뒤에는 시내 제과점이 문을 닫는

밤 열시까지 빵 포장과 서빙 아르바이트를 했다. 잠시 눈을 붙이고 새벽에 일어나 두 동생의 도시락을 쌌다. 해가 바뀌어 아버지가 스스로 밥을 차려 먹는 정도의 기동을 하게 되자 그녀는 복학했지만, 한 학기 만에 다시 학비를 벌기 위해 휴학했다. 그렇게 쉬엄쉬엄 2학년까지 마친 뒤 결국 졸업을 포기했고, 교수의 추천으로 이 작은 출판사에 입사했다.

그 과정을 어머니는 진심으로 미안해했지만 그녀의 생각은 달랐다. 집안 사정이 나빠지지 않았다 해도 그녀는 대학을 졸업하지 못했을 것이다. 결국 그 앳된 학생들의 스크럼 속으로 걸어들어갔을 것이다. 가능한 한 끝까지 그 속에서 버텼을 것이다. 혼자 살아남을 것을 가장 두려워했을 것이다.

처음부터 살아남으려고 했던 건 아니었다.

그날 집에 들어가 깨끗한 옷으로 갈아입은 뒤, 그녀는 어머니 몰래 대문을 빠져나와 상무관으로 돌아갔다. 땅거미가 질 무렵이었다. 강당 출입문이 닫혀 있는데다 주변에 아무도 없어 그녀는 도청으로 갔다. 민원실 복도에도 인적이 없었다. 시민군들이 다 옮기지 않고 남겨뒀었는지, 그녀와 선주 언니가 수습했던 모습 그대로 시신 몇이 악취 속에서 썩어가고 있었다.

별관으로 건너가자 로비에 사람들이 있었다. 구내식당 취사조에서 본 적 있는 대학생 언니가 그녀를 불렀다.

여자들은 이층에 모여 있어.

여대생을 따라 이층 복도 끝의 작은 방에 들어섰을 때 여자들은 토론 중이었다.

우리도 총을 받아야 한다고 생각해요. 한사람이라도 더 같이 싸워야 돼요.

그걸 누가 강요할 수 있겠어요, 원하는 사람만 총을 받기로 해요. 각오가 된 사람만.

탁자 끝에 앉아 한 손으로 턱을 괴고 있는 선주 언니를 발견하고 그녀는 곁에 가서 앉았다. 선주 언니는 가만히 웃었다. 그 토론에서 선주 언니는 언제나처럼 말을 아꼈지만, 말미에 이르자 침착하게 총을 받는 편을 택하겠다고 말했다.

진수 오빠가 노크를 하고 그 방에 들어온 것은 열한시경이었다. 무전기를 들고 다니는 모습은 늘 봤지만, 총까지 멘 모습은 처음이라 낯설어 보였다. 세명만 남아주시겠습니까,라고 그는 말했다. 아침까지 가두방송을 해주실 세분만 있으면 됩니다. 나머지는 집으로 돌아가세요.

좀 전의 토론에서 총을 받겠다고 말했던 세사람이 자연스럽게 앞으로 나섰다.

저희도 끝까지 같이 있고 싶어요.

일층에서 그녀를 데려온 취사조의 대학생 언니가 말했다.

같이 있으려고 여기 온 거니까요.

진수 오빠가 어떻게 여자들을 설득했는지 그녀는 후에 정확히 기억할 수 없었다. 기억하고 싶지 않아서 잊은 건지도 몰랐다. 여자들을 도청에 남겨서 함께 죽게 하면 시민군의 명예가 다칠 거라던 그의 말이 어렴풋이 떠올랐지만, 그 말이 정직하게 그녀를 설득했는지 자신할 수 없었다. 죽어도 좋다고 생각했지만, 동시에 죽음을 피하고 싶었다. 죽은 사람들의 모습을 많이 봤기 때문에 둔감해졌다고 생각했지만, 그래서 더 두려웠다. 입을 벌리고 몸에 구멍이 뚫린 채, 반투명한 창자를 쏟아내며 숨이 끊어지고 싶지 않았다.

남기로 한 세 여자들 중에서는 선주 언니가 호신용으로 카빈 소총을 받았다. 선주 언니는 작동법에 대해 간단한 설명을 들은 뒤 어설프게 총을 어깨에 걸쳐메고, 따로 뒤돌아 인사하지 않은 채 여대생 둘을 따라 일층으로 내려갔다. 그녀들에게 진수 오빠는 말했다.

사람들이 나오게 해주세요. 날이 새자마자 도청 앞에 시민들이 꽉 차게. 우린 아침까지만 어떻게든 버텨볼 겁니다.

남은 여자들은 새벽 한시경에 도청을 나왔다. 진수 오빠가 다른 대학생과 함께 남동성당 골목까지 동행해줬다. 침침한 가로등이 밝혀진 골목 입구에서 그들은 멈춰 섰다.

여기서 흩어지세요. 아무 집에라도 들어가 숨으세요.

그녀에게 영혼이 있었다면 그때 부서졌다. 땀에 젖은 셔츠에 카빈 소총을 멘 진수 오빠가 여자들에게 인사하기 위해 웃어 보였을 때. 어두운 길을 되밟아 도청으로 돌아가는 그들의 뒷모습을 얼어붙은 듯 지켜보았을 때. 아니, 도청을 나오기 전 너를 봤을 때 이미 부서졌다. 하늘색 체육복 위에 교련 점퍼를 걸친, 아직 어린애 같은 좁은 어깨에 총을 메고서 고개를 끄덕이고 있는 너를 발견하고 그

녀는 놀라며 불렀다. 동호야, 왜 집에 안 갔어? 장전하는 법을 설명
하고 있던 청년 앞으로 그녀는 끼어들었다. 이 애는 중학생이에요.
집에 보내야 돼요. 청년은 놀라는 기색이었다. 고등학교 2학년이
라고 해서 그런 줄 알았는데…… 아까 고등학교 1학년까지 내보낼
때 이 애는 안 갔어요. 그녀는 목소리를 낮춰 항의했다. 말이 안돼
요. 어딜 봐서 이 얼굴이 고등학생이에요.

진수 오빠의 뒷모습이 어둠속으로 완전히 사라지자 여자들이 흩
어지기 시작했다. 취사조의 여대생이 그녀에게 물었다. 이 근처에
아는 집 있어? 그녀가 고개를 젓자 여대생이 제안했다. 나하고 전
대병원으로 가자. 거기 외사촌이 입원해 있어.

전대 부속병원 로비는 어두웠고 출입문은 잠겨 있었다. 한참 문
을 두드리자 경비가 손전등을 들고 나왔다. 수간호사도 뒤따라 나
왔다. 모두 긴장한 얼굴이었다. 군인이 온 거라고 생각했던 것이다.

복도와 비상계단도 소등되어 있었다. 손전등을 든 경비의 안내
로 여대생의 사촌이 입원한 6인실로 들어섰다. 솜이불을 창에 걸어
놓은 실내는 칠흑같이 어두웠다. 환자들과 보호자들은 어둠속에서
깨어 있었다. 여대생의 이모가 조카의 손을 잡으며 속삭이듯 물었
다. 어쩌까나. 군인들이 들어온담서. 부상자들은 전부 총살해버린
담서.

그녀가 창 아래 벽에 기대앉자, 옆 침대 환자의 보호자인 듯한
아저씨가 말했다.

창 옆에 앉지 마소, 위험하다마시.

어둠 때문에 그의 얼굴은 보이지 않았다.

군인들 퇴각하던 날에도 총알이 날아와서, 여그 창가에 걸어논 옷에 구멍이 뚫렸다마시. 사람이 서 있었으면 어떻게 됐겠는가.

그녀는 창으로부터 두걸음 옆으로 옮겨앉았다.

호흡이 고르지 않은 위중한 환자가 있어, 이십분 간격으로 간호사가 손전등을 들고 들어왔다. 서치라이트 같은 불빛이 병실을 훑을 때마다 공포에 굳은 환자들과 보호자들의 얼굴이 드러났다. 어쩌까나. 군인들이 참말로 이 병원까지 쳐들어온다냐. 죄다 총살해버릴 것 같으면, 해 뜨자마자 얼른 퇴원해야 안 쓰겄냐. 니 언니는 의식 차린 지 하루밖에 안됐는디, 꿰맨 자리가 터져불면 어쩌까나. 아주머니가 속삭여 물을 때마다 여대생은 더 작은 소리로 속삭여 대답했다. 저도 모르겠어요, 숙모.

얼마나 시간이 흘렀을까. 멀리서 들려오는 가냘픈 목소리에 그녀는 창 쪽으로 고개를 돌렸다. 메가폰을 쥔 여자의 목소리가 차츰 가까워졌다. 선주 언니는 아니었다.

시민 여러분, 도청으로 나와주십시오. 지금 계엄군이 시내로 들어오고 있습니다.

거대한 풍선 같은 침묵이 병실의 모서리들을 향해 부풀어오르는 것을 그녀는 느꼈다. 트럭이 병원 앞길을 지나가며 목소리가 크고 선명해졌다.

우리는 끝까지 싸울 것입니다. 함께 나와서 싸워주십시오.

그 목소리가 멀어진 지 십분이 채 되지 않아 군인들의 소리가 들렸다. 그런 소리를 그녀는 처음 들었다. 수천사람의 단호한, 박자를 맞춘 군홧발 소리. 보도가 갈라지고 벽이 무너질 것 같은 장갑차 소리. 그녀는 무릎 사이에 얼굴을 묻었다. 어느 침대에선가 어린 환자가 애원했다. 엄마, 창문 닫아줘. 닫았어. 더 꽉 닫아. 꽉 닫았다니까. 마침내 그 소리들이 지나가자 다시 가두방송이 들렸다. 도심의 침묵을 가로질러, 여러 블록 너머에서 아득히 들려오는 소리였다. 여러분, 지금 나와주십시오. 계엄군이 들어오고 있습니다.

마침내 도청 쪽에서 총소리가 들렸을 때 그녀는 잠들어 있지 않았다. 귀를 틀어막지도, 눈을 감지도 않았다. 고개를 젓지도, 신음하지도 않았다. 다만 너를 기억했다. 너를 데리고 가려 하자 너는 계단으로 날쌔게 달아났다. 겁에 질린 얼굴로, 마치 달아나는 것만이 살길인 것처럼. 같이 가자, 동호야. 지금 같이 나가야 돼. 위태하게 이층 난간을 붙들고 서서 너는 떨었다. 마지막으로 눈이 마주쳤을 때, 살고 싶어서, 무서워서 네 눈꺼풀은 떨렸다.

뺨 여섯

검열을 어떻게 통과할 생각이지?

서 선생의 극단 스태프라는 청년이 방금 전해주고 간 초대권을 들여다보며 편집장이 중얼거렸다. 혼잣말 같지만 그녀에게 묻는 말이었다.

처음부터 대본을 다시 쓰고 있는 건가? 공연이 보름도 안 남았는데…… 연습을 어떻게 하려고.

그와 서 선생의 계획은 이번 주에 희곡집을 출간해 다음 주 일간지 문예면에 리뷰가 실리도록 하는 것이었다. 극단으로서는 공연을 홍보할 수 있는 좋은 기회였다. 공연 기간에는 윤 대리가 나가 극장 입구에서 희곡집을 판매할 예정이었다. 하지만 검열 때문에 출판이 무산됐으니, 내용이 같은 연극 공연도 무산되는 것이 수순이었다. 한데 무슨 생각에선지 서 선생이 예정대로 초대권을 돌린 것이다.

사무실 문이 요란하게 열렸다. 윤 대리가 책 박스를 안고 들어왔다. 안경알이 훈기로 하얘져 있었다.

누가 안경 좀 벗겨봐요.

그녀가 뛰어나가 윤 대리의 안경을 벗겨들었다. 윤 대리는 숨을 몰아쉬며 손님용 탁자 옆에 책 박스를 내려놓았다. 그녀는 커터칼로 상자를 뜯고 책 두권을 꺼냈다. 한권을 편집장에게 가져다준 뒤 남은 한권을 훑어보았다. 수배 중인 번역자의 이름 대신, 미국으로 이민 갔다는 편집장의 친척의 이름을 넣은 책이었다. 염려했던 이 책은 정작 검열과에서 두 문단만 삭제되어 무사히 인쇄소에 넘겨졌었다.

그녀는 탁자에 신문지를 두겹 깔고 윤 대리와 함께 상자의 책들을 꺼냈다. 출판사 로고가 인쇄된 봉투에 책과 보도자료를 함께 넣고, 내일 아침 배포할 언론사별로 가지런히 쌓았다.

잘 나왔네.

혼잣말처럼 편집장이 그녀에게 말했다. 헛기침을 한 뒤 한번 더 정식으로 말했다.

아주 잘 나왔어요. 정리하고 오늘은 일찍들 들어가요.

편집장이 돋보기안경을 벗어놓고 일어섰다. 코트를 어깨에 걸치고는 오른팔을 꿰지 못해 난감해했다. 겨울 들며 오십견이 악화된 모양이었다. 그녀는 작업을 중단하고 그에게 다가가 소매를 꿰어주었다.

고마워, 김 양.

겁먹은 듯 선량한 그의 눈을, 나이에 비해 일찍 깊은 주름이 생긴 목을 그녀는 보았다. 이렇게 소심하고 나약한 사람이 당국의 주시를 받는 필자들과 친분을 유지하고, 당국의 주시를 받는 책들을 꾸준히 출간하고 있는 이유에 대해 문득 생각했다.

편집장을 뒤따라 윤 대리가 곧 퇴근하자 그녀는 혼자 사무실에 남았다.

일찍 집에 들어가고 싶지 않아, 갓 나온 책을 마주하고 책상 앞에 앉았다. 번역자의 얼굴을 떠올려보려고 했지만 어째서인지 세세한 생김새가 기억나지 않았다. 피멍이 가신 오른뺨을 쓸어보았지만 아프지 않았다. 손끝으로 눌러보자, 거의 통증이라고 말할 수 없을 미미한 자극이 느껴졌다.

신간은 군중을 주제로 한 인문서였다. 저자는 영국 출신이었고 대부분의 사례를 근현대 유럽에서 가져왔다. 프랑스혁명과 스페인 내전, 2차 세계대전. 검열에 걸릴 위험이 있는 68혁명에 관한 장은 번역자가 미리 뺐다. 훗날의 온전한 개정판을 약속하며 그는 서문에 썼다.

군중의 도덕성을 좌우하는 결정적인 요인이 무엇인지는 아직 밝혀지지 않았다. 흥미로운 사실은, 군중을 이루는 개개인의 도덕적 수준과 별개로 특정한 윤리적 파동이 현장에서 발생된다는 것이다. 어떤 군중은 상점의 약탈과 살인, 강간을 서슴지 않으며, 어떤 군중은 개인이었다면 다다르기 어려웠을 이타성과 용기를 획득한다. 후자의 개인들이 특별히 숭고했다기보다는 인간이 근본적으로 지닌 숭고함이 군중의 힘을 빌려 발현된 것이며, 전자의 개인들이 특별히 야만적이었던 것이 아니라 인간의 근원적인 야만이 군중의 힘을 빌려 극대화된 것이라고 저자는 말한다.

그다음 문단은 검열 때문에 온전히 책에 실리지 못했다. 그렇다면 우리에게 남는 질문은 이것이다. 인간은 무엇인가. 인간이 무엇이지 않기 위해 우리는 무엇을 해야 하는가. 이어서 먹선으로 지워진 넉줄의 문장들을 그녀는 기억했다. 번역자의 살찐 턱과 허름한 감색 점퍼, 핏기 없이 노릇노릇하던 낯빛을 기억했다. 물잔을 만지작거리던 길고 거무스름한 손톱들을 기억했다. 그러나 정확한 이목구비만은 끝내 떠오르지 않았다.

그녀는 책을 덮고 기다렸다. 창밖이 더 어두워지기를 기다렸다.

그녀는 인간을 믿지 않았다. 어떤 표정, 어떤 진실, 어떤 유려한 문장도 완전하게 신뢰하지 않았다. 오로지 끈질긴 의심과 차가운 질문들 속에서 살아 나아가야 한다는 것을 알았다.

그 오전 분수대에서는 물줄기가 뿜어져나오지 않았다. 도청 담장 앞에 던져진 주검들 옆으로, 총을 멘 군인들이 새로운 주검들의 다리를 끌고 왔다. 주검들의 등과 뒤통수가 함부로 바닥에 쓸리고 튀어올랐다. 몇몇 군인들은 커다란 방수 모포를 펴서 네 귀를 나눠 잡고, 도청 안마당에서 여남은사람의 주검을 한번에 쓸어담아 나왔다. 어릿어릿 먼 곁눈질로 그 광경을 보며 걷고 있을 때, 빠르게 다가온 군인 셋이 그녀의 가슴에 총을 겨눴다. 어디서 오는 겁니까. 이모 병문안하고 집에 가는 길이에요. 태연스럽게 대답하는 그녀의 인중이 떨렸다.

그들이 명령한 대로 광장을 등지고 걸어 대인시장 어귀에 이르렀을 때, 거대한 장갑차들이 굉음을 내며 대로를 행진해 지나갔다. 다 끝났다는 걸 모두에게 보여주려는 거야, 얼핏 그녀는 생각했다. 다 죽였다는 걸.

대학가와 가까운 그녀의 동네는 전염병이 지나간 것처럼 인적 없이 괴괴했다. 그녀가 초인종을 누르자 아버지는 기다렸던 듯 달려나와 그녀를 들이고는 대문을 잠갔다. 다락에 그녀를 감춘 뒤, 다락문이 눈에 띄지 않도록 비키니 옷장을 옮겨놓았다. 오후부터 군인들의 발소리가 들렸다. 미닫이문을 열고 누군가를 끌어내는 소리, 무엇인가 부서지는 소리, 애원하는 소리 들이 들려왔다. 아니라우, 우리 아들은 데모 안했어라우, 총 같은 건 만져본 적도 없어라.

그들은 그녀의 집 초인종도 눌렀다. 마당이 쩌렁쩌렁 울리게 아버지가 대답했다. 우리 집은 딸이 고3이오. 아들들은 인자 중학생 초등학생인디, 누가 데모를 했겠소.

다음 날 저녁 그녀가 다락에서 내려왔을 때, 어머니는 시청 청소차들이 주검들을 싣고 공동묘지로 갔다고 말했다. 분수대 앞에 던져진 주검들뿐 아니라, 상무관에 있던 관들과 미확인 시신들까지 모두 싣고 갔다고 했다.

관공서와 학교가 문을 열었다. 셔터를 내렸던 상점들도 영업을 시작했다. 계엄은 계속되었으므로, 저녁 일곱시 이후에는 통행이 금지되었다. 통금 전이라 해도 수시로 군인들의 검문검색이 이뤄져, 신분증을 가지고 나오지 않은 사람들은 연행되었다.

수업 결손을 메우기 위해 대부분의 학교가 팔월 초순까지 수업을 했다. 방학하는 날까지 그녀는 날마다 정류장 옆 공중전화 부스에서 도청 민원실에 전화를 걸었다. 분수대에서 물이 나와서는 안 된다고 생각합니다, 제발 물을 잠가주세요. 손바닥에서 배어나온 땀으로 수화기가 끈적끈적했다. 예에, 의논해보겠습니다. 민원실 직원들은 인내심 있게 그녀를 응대했다. 꼭 한번 나이 든 여사무원이 말했다. 그만 전화해요, 학생. 학생 같은데 맞지요. 물이 나오는 분수대를 우리가 어떻게 하겠어요. 다 잊고 이젠 공부를 해요.

어두워지는 창밖으로 희끗한 것이 날리기 시작했다.

이제 일어나야 할 시간이었지만 그녀는 꼼짝 않고 의자에 앉아 있었다. 눈발은 갓 빻은 쌀가루처럼 가볍고 부드러워 보였다. 그러나 그것이 아름다울 수는 없다고 그녀는 생각했다. 오늘은 여섯번째 따귀를 잊어야 하는 날이지만, 이미 뺨은 아물어 거의 통증이 느껴지지 않았다. 그러니 내일이 되어 일곱번째 따귀를 잊을 필요는 없었다. 일곱번째 뺨을 잊을 날은 오지 않을 것이다.

눈송이들

　암전 뒤 서서히 무대가 밝아진다. 큰 키에 깡마른 삼십대 여자가 거친 재질의 흰 무명치마를 입고 무대 중앙에 서 있다. 여자가 말없이 고개를 돌려 무대 왼편을 보자, 검은 옷을 입은 호리호리한 남자가 등신대의 해골을 업고 중앙을 향해 다가온다. 허공을 미끄러지듯 천천히 맨발을 움직인다.

　다시 말없이 여자가 고개를 돌려 무대 오른편을 본다. 이번에는 작고 다부진 체격의 남자가 검은 옷을 입고, 등신대의 해골을 업고 중앙을 향해 걸어온다. 두 남자는 느리게 돌린 필름처럼 양쪽에서 허공을 미끄러져와, 마치 서로를 보지 못한 듯 중앙에서 엇갈려 반대편으로 각각 나아간다.

　객석은 빈자리 없이 꽉 차 있다. 첫 공연이어서인지, 앞쪽에 앉은 사람들은 대부분 연극이나 언론 관계자들로 보인다. 편집장과 함께 자리를 찾아 앉기 전 그녀가 좌석 뒤편을 돌아봤을 때, 사복형사로 짐작되는 남자들이 서넛 흩어져 앉아 있었다. 서 선생은 어떻게 하려는 걸까, 그녀는 그때 생각했다. 검열과에서 삭제한 대사들이 배우들의 입에서 흘러나오면 저 사내들은 일어설까. 날렵하게 무대로 올라가 배우들을 덮칠까. 학생식당에서 카레를 먹던 남자애에게 의자를 휘둘렀던 것처럼. 일곱차례 목이 뒤로 꺾이도록 그녀의 뺨을 쳤던 것처럼. 조명실에서 지켜보고 있을 제작진은 어떻게 될까. 서 선생은 체포되거나 수배되어 다시 만나기 어려운 사람이 될까.

꿈속처럼 느린 걸음으로 남자들의 모습이 사라졌을 때 여자가 말하기 시작한다. 아니, 말하기 시작한 것 같다. 아니, 여자는 아무것도 말하지 않는다. 소리 없이 입술을 달싹이고 있을 뿐이다. 그 입술의 모양을 그녀는 또렷하게 읽을 수 있다. 서 선생이 원고지에 펜으로 쓴 희곡을 그녀가 직접 입력해 삼교까지 봤기 때문이다.

당신이 죽은 뒤 장례식을 치르지 못해,
내 삶이 장례식이 되었습니다.

여자가 등을 보이며 뒤돌아선다. 동시에 객석 가운데의 긴 통로로 조명이 떨어진다. 누덕누덕 기운 삼베옷을 걸친 건장한 체격의 남자가 통로 끝에 서 있다. 거칠게 숨을 몰아쉬며 그가 무대를 향해 걸어온다. 표정과 동작이 초연했던 좀 전의 남자들과 달리 그의 얼굴은 일그러져 있다. 두 팔이 힘껏 허공으로 뻗어올라온다. 목마른 물고기처럼 그의 입술이 달싹인다. 음성이 높아져야 할 부분에서 신음처럼 끼익, 끽 소리가 난다. 그 입술 모양도 그녀는 읽는다.

어이, 돌아오소.
어어이, 내가 이름을 부르니 지금 돌아오소.
더 늦으면 안되오. 지금 돌아오소.

최초의 당혹한 웅성거림이 객석을 쓸고 지나간 뒤, 이제 관객들은 무서운 침묵과 집중력으로 배우들의 입술을 응시하고 있다. 통로를 밝히던 조명이 어두워진다. 무대 중앙의 여자가 객석을 향해 몸을 돌린다. 여전히 소리 없이 초혼(招魂)하며 걸어오는 남자를 침착하게 응시한다. 입술을 열어 달싹인다.

당신이 죽은 뒤 장례를 치르지 못해,
당신을 보았던 내 눈이 사원이 되었습니다.
당신의 목소리를 들었던 내 귀가 사원이 되었습니다.
당신의 숨을 들이마신 허파가 사원이 되었습니다.

마치 눈을 뜬 채 꿈을 꾸는 듯 허공을 향해 끼익, 끽 소리를 내며 여자가 입술을 움직이는 사이, 삼베옷의 남자가 무대에 올라선다. 두 팔을 허공에 휘저으며 여자의 어깨를 스쳐지나간다.

봄에 피는 꽃들, 버드나무들, 빗방울과 눈송이들이 사원이 되었습니다.

날마다 찾아오는 아침, 날마다 찾아오는 저녁들이 사원이 되었습니다.

눈부신 조명이 다시 객석 사이로 쏟아져내려온다. 앞쪽 좌석에서 그녀가 고개를 돌리자, 열한두살로 보이는 어린 소년이 어느새 통로 가운데 서 있다. 하얀 반소매 체육복 상하의에 흰 운동화를 신고, 조그마한 해골의 머리를 추운 듯 가슴에 끌어안고 있다. 소년이 무대를 향해 걷기 시작하자, 네발짐승들처럼 허리를 구십도로 구부린 배우들의 무리가 어두운 통로 뒤편에서 나타나 뒤를 따른다. 남녀가 섞인 여남은명의 그 무리는 검은 머리칼을 괴기스럽게 아래로 늘어뜨린 채 행진한다. 쉴 새 없이 입술을 달싹거리며, 끼이익, 끄으윽, 신음을 내며 체머리를 떤다. 소리가 커질 때마다 자꾸 뒤돌아보며 멈칫거리는 소년을 앞질러, 그들이 먼저 무대 앞 계단에 다다른다.

고개를 뒤로 꺾은 채 그 모습을 지켜보던 그녀의 입술이 자신도 모르게 달싹인다. 배우들을 흉내 내듯 목구멍을 쓰지 않고 부른다. *동호야.*

행렬 끝에 있던 젊은 남자가 수그린 몸을 돌려 소년에게서 해골의 머리를 빼앗아 든다. 늘어뜨려진 손에서 손으로 옮겨간 해골이,

행렬의 맨 앞에 기역 자로 허리를 구부린 노파에게서 멈춘다. 반백의 긴 머리를 풀어내린 노파는 해골을 보듬고 무대 위로 올라간다. 무대 중앙에 있던 흰옷 입은 여자와 삼베옷의 남자가 순순히 길을 터준다.

이제 움직이고 있는 사람은 노파뿐이다.

그 걸음이 너무나 느리고 고요해, 한 관객의 기침 소리가 아득한 바깥 세계의 것처럼 들린다. 소년이 움직이기 시작한 것은 그 순간이다. 순식간에 소년은 무대로 뛰어올라가 노파의 굽은 등허리에 바싹 몸을 붙인다. 업힌 어린아이처럼, 혼령처럼 살금살금 뒤를 따른다.

……동호야.

그녀는 아랫입술 안쪽을 악문다. 색색의 만장들이 일제히 무대 천장에서 내려오는 것을 본다. 무대 아래 네발짐승처럼 모여 있던 배우들이 별안간 꼿꼿이 허리를 편다. 노파가 걸음을 멈춘다. 업힌 아이처럼 바싹 붙어 걷던 소년이 객석을 향해 몸을 돌린다. 그 얼굴을 바로 보지 않기 위해 그녀는 눈을 감는다.

네가 죽은 뒤 장례식을 치르지 못해, 내 삶이 장례식이 되었다.
네가 방수 모포에 싸여 청소차에 실려간 뒤에.
용서할 수 없는 물줄기가 번쩍이며 분수대에서 뿜어져나온 뒤에.
어디서나 사원의 불빛이 타고 있었다.
봄에 피는 꽃들 속에, 눈송이들 속에. 날마다 찾아오는 저녁들 속

에. 다 쓴 음료수 병에 네가 꽂은 양초 불꽃들이.

뜨거운 고름 같은 눈물을 닦지 않은 채 그녀는 눈을 부릅뜬다. 소리 없이 입술을 움직이는 소년의 얼굴을 뚫어지게 응시한다.

4장
쇠와 피

평범한 볼펜이었습니다, 모나미 검정 볼펜. 그걸 손가락 사이에 교차시켜 끼우게 했습니다.

그야 왼손이죠. 오른손으론 조서를 써야 하니까.

예, 그렇게 비틀었습니다. 이 방향으로도 이렇게.

처음엔 견딜 만했습니다. 하지만 날마다 같은 곳에 그렇게 하니까 상처가 깊어졌어요. 피와 진물이 섞여 흘렀습니다. 나중엔 이 자리에 하얀 뼈가 들여다보였습니다. 뼈가 드러나니까 알코올에 적신 약솜을 끼워주더군요.

제가 수감된 방에는 남자들만 약 아흔명이 있었는데, 절반 이상이 같은 자리에 약솜을 끼우고 있었습니다. 대화는 금지돼 있었어요. 손가락 사이에 끼운 약솜을 눈으로 확인하면, 잠깐 서로 마주

보다가 시선을 피했습니다.

저도 그렇게 생각했습니다. 뼈가 드러났으니 그 자리는 이제 그만할 거라고. 그렇지 않았습니다. 더 고통스러울 걸 알고, 약솜을 뺀 다음 더 깊게 볼펜을 끼우고 짓이겼습니다.

*

철창살로 막힌 다섯개의 방들이 부채꼴로 펼쳐져 있었고, 총을 멘 군인들이 중앙에서 우리를 감시했습니다. 처음 방으로 밀어넣어졌을 때는 우리 중 누구도 입을 열지 않았습니다. 어린 고등학생들도 여기가 어디냐고 묻지 않았습니다. 서로 얼굴을 보지 않은 채 모두 침묵했습니다. 그 새벽에 겪은 일을 받아들일 시간이 필요했던 겁니다. 한시간여의 그 절망적인 침묵이, 그곳에서 우리가 인간으로서 지킬 수 있었던 마지막 품위였습니다.

*

모나미 검정 볼펜은, 조사실에 들어가면 변함없이 준비되어 있는 첫 순서였습니다. 내 몸이 내 것이 아니라는 걸 일단 분명히 해두려는 것 같았습니다. 내 삶의 어떤 것도 내 뜻대로 할 수 없다는 것을, 허용되는 건 오직 미칠 듯한 통증, 오줌똥을 지리도록 끔찍한 통증뿐이라는 것을.

그 순서가 끝나면 그들은 침착하게 질문을 시작했습니다. 내가 어떻게 대답하든 소총의 개머리판이 얼굴을 향해 날아왔습니다. 본능적으로 나는 두 팔로 머리를 감싸고 벽 쪽으로 뒷걸음질쳤습니다. 내가 쓰러지면 그들은 등과 허리를 밟았습니다. 숨이 끊어질 것 같아 내가 몸을 뒤집으면 군화로 정강이를 짓이겼습니다.

*

조사실에서 방으로 돌아온다고 해서 쉴 수 있는 건 아니었습니다.

모두가 정좌를 하고 정면의 철창을 똑바로 바라봐야 했습니다. 눈동자만 움직여도 담뱃불로 지져버리겠다고 한 하사가 말했고, 본보기 삼아 실제로 한 중년 남자의 눈꺼풀을 담뱃불로 문질렀습니다. 무심코 손을 움직여 얼굴을 만진 고등학생을, 의식을 잃고 축 늘어질 때까지 때리고 밟았습니다.

좁은 공간에 백명 가까운 남자들이 빈 공간 없이 앉아 있었으므로, 온몸에서 비 오듯 땀이 흘렀습니다. 목덜미를 스멀스멀 기어내려가는 것이 땀인지 벌레인지 구별할 수도, 확인할 수도 없었습니다. 땀을 흘린 만큼 목이 탔지만, 물을 마실 수 있는 건 하루 세번 식사 때뿐이었습니다. 오줌이라도 받아 마시고 싶었던 동물적인 갈증을 기억합니다. 갑자기 졸게 될지 모른다는 공포, 그들이 언제든 다가와 내 눈꺼풀에 담뱃불을 문지를 거라는 공포를 기억합니다.

그리고 배고픔을 기억합니다. 꺼진 눈두덩에, 이마에, 정수리에,

뒷덜미에 희부연 흡반처럼 끈질기게 달라붙어 있던 배고픔. 그것이 서서히 혼을 빨아들여, 거품처럼 허옇게 부풀어오른 혼이 곧 터뜨려질 것 같던 아득한 순간들을 기억합니다.

*

그곳의 한끼 식사는 식판에 담긴 밥 한줌과 국 반그릇, 김치가 전부였습니다. 그것을 우리들은 2인 1조로 나눠 먹었습니다. 김진수와 한조가 되었을 때, 서서히 혼이 빨려나간 짐승과 같은 상태였던 나는 안도했습니다. 그는 많이 먹을 것 같은 사람이 아니었으니까요. 얼굴이 창백하고 눈언저리는 병자처럼 어두웠으니까요. 두 눈은 생기도 표정도 없이 공허하게 번쩍였으니까요.

한달 전 그의 부고를 들었을 때 가장 먼저 떠오른 것이 바로 그 눈이었습니다. 멀건 콩나물국에서 콩나물을 골라 먹다 말고 멈칫 나를 보던 눈. 그가 콩나물을 다 먹어버릴까봐 긴장하고 있던 나를, 우물거리는 그의 입술을 혐오하며 쏘아보고 있던 나를 묵묵히 마주 바라보던, 나와 똑같은 짐승이었던 그의 차갑고 공허한 두 눈.

*

나는 모릅니다.

왜 김진수는 죽었고, 그와 한조가 되어 함께 밥을 먹었던 나는 아직 살아 있는지.

　김진수가 더 많은 고통을 받았을까요.

　아니요, 나도 충분히 고통받았습니다.

　김진수가 더 잠을 못 잤을까요.

　아니요, 나도 잠을 못 잡니다. 하루도 깊이 못 잡니다. 숨이 붙어 있는 한 계속 그럴 겁니다.

　선생이 나에게 처음 전화를 걸어 김진수에 대해 물은 뒤 생각했습니다. 다시 전화를 걸어온 선생과 이곳에서 만날 약속을 잡은 뒤에도 생각했습니다. 하루도 빠짐없이 생각하고 또 생각했습니다. 왜 그는 죽었고, 아직 나는 살아 있는지.

                                    *

　김진수가 처음이 아니라고 선생은 전화로 말했지요. 우리들 중 더 많은 사람이 스스로 목숨을 끊을 가능성이 있다고도 말했지요.

　그렇다면 선생은 날 도우려는 겁니까? 하지만, 선생이 쓰려고 하는 그 논문은 선생 자신을 위한 것이 아닙니까?

　김진수의 죽음을 심리적으로 부검하고 있다는 선생의 말을 나는 이해할 수 없습니다. 지금 내 말들을 녹취함으로써 김진수가 죽어간 과정을 복원할 수 있습니까? 그와 나의 경험이 비슷했을지 모르지만, 결코 동일하지는 않았습니다. 그가 혼자서 겪은 일들을 그 자신에게서 듣지 않는 한, 어떻게 그의 죽음이 부검될 수 있습니까?

*

　김진수는 우리 중에서도 특별히 변칙적인 고문을 더 당한 것으로 알고 있습니다. 아마 외모가 여성적이어서 그랬던 것 같습니다.

　아니요, 당시에는 말하지 않았습니다. 십년쯤 지난 뒤에 들은 이야깁니다.

　성기를 꺼내 탁자에 올려놓게 하고, 나무 자로 내려치겠다며 위협했다고 했습니다. 하체를 발가벗기고 영창 앞 잔디밭으로 데려가, 팔을 뒤로 묶고 엎드려 있게 했다고 했습니다. 굵은 개미들이 세시간 동안 김진수의 사타구니를 물었다고 했습니다. 석방된 뒤 거의 매일 밤 벌레와 관련된 악몽을 꾸었다고 들었습니다.

*

　그전에는 모르는 사이였습니다. 오며 가며 상황실에서 얼굴만 봤지요.

　김진수는 그해에 대학 신입생이었으니, 아직 뺨에 솜털이 나 있었습니다. 얼굴이 희고 속눈썹이 유난히 짙어서 눈에 띄었습니다. 볼 때마다 무척 빠르게 걸어다닌다는 느낌이었는데, 팔다리와 허리가 가늘고 길어서 더 그렇게 보였던 것 같습니다.

　희생자 파악하고, 시신 관리를 총괄하고, 관이며 태극기를 구해와서 장례 준비하고…… 주로 그런 일을 했던 걸로 압니다.

사실 그 친구가 마지막 밤에 남을 거라곤 생각 못했습니다. 총기를 모두 회수한 뒤 계엄군이 들어오기 전에 도청을 깨끗이 비워놓자고, 단 한사람도 희생되어선 안된다고 말하는 학생들 중 하나일 거라고 생각했습니다. 저녁에 남은 걸 보고도 의심했습니다. 저 친구는 자정이 되기 전에 빠져나갈 거라고.

김진수와 나를 포함해 열두명이 한조가 되어 이층 소회의실에 모였습니다. 처음이자 마지막이라고 생각하고 통성명을 했습니다. 각자 간단한 유서를 써서 이름과 주소를 적고는 찾기 쉽도록 셔츠 앞주머니에 넣었습니다. 당장 닥쳐올 일들이 실감나지 않았던 것도 사실입니다. 하지만 계엄군이 시내로 진입했다는 무전이 들어오기 시작하자 그제야 긴장이 되었습니다.

상황실장이 복도로 김진수를 불러낸 건 자정 무렵이었습니다. 여자들을 호위해 도청 밖으로 데려다주라는 상황실장의 우렁우렁한 목소리가 회의실 안까지 들렸습니다. 상황실장이 김진수를 지목해 그 일을 맡긴 건, 유난히 가냘프게 생긴 그 친구가 돌아오지 않아도 좋다는 생각에서였을 거라고 나는 짐작했습니다. 김진수가 자신의 총을 챙겨 굳은 얼굴로 나가는 모습을 보며 생각했던 기억이 납니다. 그래, 너는 돌아오지 말아라.

그러나 짐작과 달리 그는 삼십분이 채 지나지 않아 돌아왔습니다. 나갈 때와는 달리 긴장이 완전히 풀린 얼굴이었습니다. 밀려오는 졸음을 견딜 수 없는 듯 가늘게 뜬 눈으로 총을 벽에 세워놓더니, 창 아래 놓인 인조가죽 소파에 모로 누워 잠들어버렸습니다. 내가 흔들어 깨우자 신음하듯 말했습니다. 죄송합니다, 조금만 잘게요.

이상한 일은, 그 모습을 지켜보던 다른 사람들도 별안간 기운이 빠진 듯 벽에 기대앉았다는 것입니다. 하나둘 꾸벅꾸벅 졸기 시작했습니다. 나도 막막한 마음이 되어 김진수가 누운 소파 옆에 웅크려앉았습니다. 어떻게 설명할 수 있을까요. 졸음이 오기는커녕 신경이 가장 날카롭게 곤두서야 할 시간, 냉정한 정신력에 의지해야 할 그 시간에, 우리들은 눈도 귀도 입도 없는 뭉클뭉클한 잠 속으로 정신없이 빠져들고 있었습니다.

조심스럽게 문이 열렸다가 소리 없이 닫히는 기척에 나는 눈을 떴습니다. 조그맣고 말간 얼굴에 알밤처럼 머리를 깎은 중학생이 어느 사이 소파에 기대앉아 있었습니다.

누구냐, 나는 잠긴 목소리로 물었습니다.

너 누구냐, 어디서 왔어.

눈을 질끈 감으며 소년이 대답했습니다.

너무 졸려요. 조금만 잘게요, 여기서 형들이랑.

그 목소리를 듣자마자, 죽은 듯 잠들어 있던 김진수가 소스라치며 눈을 떴습니다.

어떻게 된 거야.

소년의 팔을 붙들며 그가 숨죽여 물었습니다.

내가 아까 가라고 하지 않았어. 너도 간다고 하지 않았어.

김진수의 목소리가 점점 높아졌습니다.

네가 대체 여기서 뭘 하겠다는 거야. 총 쏠 줄은 알어.

머뭇머뭇 소년이 말했습니다.

……화내지 마요, 형.

두사람의 실랑이에 사람들이 부스럭부스럭 깨어났습니다. 소년의 팔을 놓지 않은 채 김진수는 반복해서 말했습니다.

적당한 때 너는 항복해라. 알겠지, 항복하라고. 손들고 나가. 손들고 나가는 애를 죽이진 않을 거야.

*

그해 나는 스물세살의 교대 복학생이었습니다. 초등학교 교사가 되는 게 인생의 목표였던 내가 소회의실의 조원들을 지휘하는 임무를 맡았다는 것은, 그 밤 도청에 남은 사람들이 그만큼 오합지졸이었다는 걸 뜻합니다.

우리 조의 절반 이상이 미성년자였습니다. 장전을 하고 방아쇠를 당기면 정말 총알이 나간다는 게 믿기지 않아, 도청 앞마당에 나가 밤하늘을 향해 한발 쏘아보고 돌아온 야학생도 있었습니다. 스무살이 되지 않은 사람들은 집으로 보낸다는 지도부의 지침을 거부한 건 바로 그들 자신이었습니다. 그들의 의지가 너무 강했기 때문에, 만 17세까지만이라도 억지로 돌려보내는 일에 긴 언쟁과 설득이 필요했습니다.

상황실장으로부터 내가 지시받은 작전은 실상 작전이라고 부를 수도 없는 것이었습니다. 계엄군이 도청에 다다를 것으로 예상

된 시각은 새벽 두시였고, 우리는 한시 삼십분부터 이층 복도로 나가 있었습니다. 성인 한사람이 창문 하나씩을 맡았습니다. 미성년자들은 창과 창 사이에 엎드려 대기하다가 옆에 있던 사람이 총에 맞으면 그 자리를 맡기로 했습니다. 다른 조들이 어떤 임무를 맡았는지, 그것이 얼마나 현실적인 작전이었는지 나는 알지 못합니다. 처음부터 상황실장은 우리 목표가 버티는 것이라고 말했습니다. 날이 밝을 때까지만. 수십만의 시민이 분수대 앞으로 모일 때까지만.

지금은 어리석게 들리겠지만, 그 말을 절반은 믿었습니다. 죽을 수 있지만, 어쩌면 살 수도 있다고 생각했습니다. 지겠지만, 어쩌면 버텨낼 수 있을 거라고 생각했습니다. 나뿐 아니라 조원들 대부분이, 특히 어린 친구들은 더 강한 희망을 품고 있었습니다. 지도부를 이끌었던 대변인이 전날 외신기자들을 만나 했다는 말을 우리는 모르고 있었습니다. 우리가 반드시 패배할 거라고 그는 말했다지요. 반드시 죽을 것이며, 두렵지 않다고 말했다지요. 고백하건대 나에게 그런 초연한 확신은 없었습니다.

김진수의 생각에 대해선 알지 못합니다. 그는 자신이 죽으리라고 예상하면서도 도청 밖까지 나갔다가 되돌아왔던 걸까요. 아니면 나처럼, 죽을 수도 있지만 살 수도 있다는 생각, 어쩌면 도청을 지킬 수 있을 것이고, 그렇다면 평생 동안 부끄러움 없이 살아갈 수 있을 거란 막연한 낙관에 몸을 실었던 걸까요.

*

 군인들이 압도적으로 강하다는 걸 모르지 않았습니다. 다만 이상한 건, 그들의 힘만큼이나 강렬한 무엇인가가 나를 압도하고 있었다는 겁니다.

 양심.

 그래요, 양심.

 세상에서 제일 무서운 게 그겁니다.

 군인들이 쏘아 죽인 사람들의 시신을 리어카에 실어 앞세우고 수십만의 사람들과 함께 총구 앞에 섰던 날, 느닷없이 발견한 내 안의 깨끗한 무엇에 나는 놀랐습니다. 더이상 두렵지 않다는 느낌, 지금 죽어도 좋다는 느낌, 수십만 사람들의 피가 모여 거대한 혈관을 이룬 것 같았던 생생한 느낌을 기억합니다. 그 혈관에 흐르며 고동치는, 세상에서 가장 거대하고 숭고한 심장의 맥박을 나는 느꼈습니다. 감히 내가 그것의 일부가 되었다고 느꼈습니다.

 도청 앞 스피커에서 연주곡으로 흘러나온 애국가에 맞춰 군인들이 발포한 건 오후 한시경이었습니다. 시위 대열 중간에 서 있던 나는 달아났습니다. 세상에서 가장 거대하고 숭고한 심장이 산산조각나 흩어졌습니다. 총소리는 광장에서만 들리는 게 아니었습니다. 높은 건물마다 저격수가 배치돼 있었습니다. 옆에서, 앞에서 맥없이 쓰러지는 사람들을 버려둔 채 나는 계속 달렸습니다. 광장에서 충분히 멀어졌다고 생각됐을 때 멈췄습니다. 허파가 터질 듯 숨이 찼습니다. 땀과 눈물에 얼굴이 흠뻑 젖은 채 셔터가 내려진 상점 앞 계단에 주저앉았습니다. 나보다 강한 몇몇 사람이 다시 거리 가운데 모여, 예비군 훈련소에 가서 총을 가져오자고 의논하는 소리가 들렸습니다. 가만있으면 다 죽어요. 우릴 다 쏴 죽일 거란 말이오. 우리 동네는 집에까지 공수들이 들어왔소. 무서워서 나는 머리맡에 식칼을 두고 잤소. 말이 됩니까, 저쪽은 총이 있는데. 수백 발을 저렇게 백주 대낮에 쏘는데!

그들 중 하나가 자신의 트럭을 몰고 돌아올 때까지 그 계단에 앉아 나는 생각했습니다. 내가 총을 들 수 있는지, 살아 있는 사람을 향해 방아쇠를 당길 수 있는지 생각했습니다. 군인들이 가진 수천 정의 총이 수십만의 사람들을 살해할 수 있다는 것, 쇠가 몸을 뚫으면 사람이 쓰러진다는 것, 더웠던 몸들이 차가워진다는 것을 생각했습니다.

내가 함께 올라탄 트럭이 시내로 돌아왔을 때는 이미 늦은 밤이었습니다. 우리는 두차례 길을 잘못 들었고, 겨우 도착한 예비군 훈련소는 이미 다른 사람들이 총을 가져가 아무것도 남아 있지 않았습니다. 그사이 얼마나 많은 사람들이 시가전에서 희생되었는지 난 알지 못합니다. 기억하는 건 다음 날 아침 헌혈하려는 사람들이 끝없이 줄을 서 있던 병원들의 입구, 피 묻은 흰 가운에 들것을 들고 폐허 같은 거리를 빠르게 걷던 의사와 간호사들, 내가 탄 트럭 위로 김에 싼 주먹밥과 물과 딸기를 올려주던 여자들, 함께 목청껏 부르던 애국가와 아리랑뿐입니다. 모든 사람이 기적처럼 자신의 껍데기 밖으로 걸어나와 연한 맨살을 맞댄 것 같던 그 순간들 사이로, 세상에서 가장 거대하고 숭고한 심장이, 부서져 피 흘렸던 그 심장이 다시 온전해져 맥박 치는 걸 느꼈습니다. 나를 사로잡은 건 바로 그것이었습니다. 선생은 압니까, 자신이 완전하게 깨끗하고 선한 존재가 되었다는 느낌이 얼마나 강렬한 것인지. 양심이라는 눈부시게 깨끗한 보석이 내 이마에 들어와 박힌 것 같은 순간의 광휘를.

그날 도청에 남은 어린 친구들도 아마 비슷한 경험을 했을 겁니다. 그 양심의 보석을 죽음과 맞바꿔도 좋다고 판단했을 겁니다. 하지만 이제는 아무것도 확신할 수 없습니다. 총을 메고 창 아래 웅크려앉아 배가 고프다고 말하던 아이들, 소회의실에 남은 카스텔라와 환타를 얼른 가져와 먹어도 되느냐고 묻던 아이들이, 죽음에 대해서 뭘 알고 그런 선택을 했겠습니까?

계엄군이 십분 안에 도청에 다다를 거라는 무전이 들어왔을 때, 김진수는 자신이 맡은 창을 등지고 서서 말했습니다.

우리는 버틸 수 있는 데까지 버티다 죽을 거지만, 여기 있는 어린 학생들은 그래선 안된다.

마치 자신이 스무살이 아니라 서른이나 마흔쯤 되는 사내인 것처럼 그는 말했습니다.

항복해야 돼. 만약 모두 죽을 것 같다고 생각되면, 총을 버리고 즉시 항복해. 살아남을 길을 찾아.

*

다음의 일은 말하고 싶지 않습니다.

더 기억하라고 나에게 말할 권한은 이제 누구에게도 없습니다, 선생도 마찬가집니다.

아니요, 쏘지 않았습니다.

누구도 죽이지 않았습니다.

계단을 올라온 군인들이 어둠속에서 다가오는 것을 보면서도, 우리 조의 누구도 방아쇠를 당기지 않았습니다. 방아쇠를 당기면 사람이 죽는다는 걸 알면서 그렇게 할 수가 없었습니다. 우린 쏠 수 없는 총을 나눠 가진 아이들이었던 겁니다.

*

나중에 알았습니다, 그날 군인들이 지급받은 탄환이 모두 팔십 만발이었다는 것을. 그때 그 도시의 인구가 사십만이었습니다. 그 도시의 모든 사람들의 몸에 두발씩 죽음을 박아넣을 수 있는 탄환 이 지급되었던 겁니다. 문제가 생기면 그렇게 하라는 명령이 있었 을 거라고 나는 믿고 있습니다. 학생 대표의 말대로 우리가 총기를 도청 로비에 쌓아놓고 깨끗이 철수했다면, 그들은 시민들에게 총 구를 겨눴을지도 모릅니다. 그 새벽 캄캄한 도청 계단을 따라 글자 그대로 콸콸 소리를 내며 흐르던 피가 떠오를 때마다 생각합니다.

그건 그들만의 죽음이 아니라, 누군가의 죽음들을 대신한 거였다고. 수천곱절의 죽음, 수천곱절의 피였다고.

방금 전까지 눈을 마주치며 대화했던 사람들에게서 흘러나오는 피를 곁눈으로 보며, 누가 죽고 누가 남았는지도 파악하지 못한 채 나는 복도에 머리를 박고 엎드렸습니다. 그들이 매직으로 내 등에 무엇인가 글씨를 쓰는 것을 느꼈습니다. 극렬분자. 총기 소지. 그렇게 썼다는 것을 상무대 유치장에서 다른 사람이 알려주었습니다.

*

체포 당시 총을 가지고 있지 않아 단순 가담자로 분류된 사람들이 유월까지 차례로 석방되고, 이른바 극렬분자, 총기 소지자들만 상무대에 남았습니다. 고문의 양상이 달라진 것은 그때부터였습니다. 구타보다 정교하게 고통을 주는 방식, 고문하는 사람들의 체력에 부담을 주지 않는 방식을 그들이 택한 것입니다. 비녀 꽂기, 통닭구이, 물고문, 전기 고문. 이제 그들이 원하는 것은 실제로 일어난 일들의 세목이 아니었습니다. 그들이 마련한 각본에 우리들의 이름으로 빈칸을 채울 수 있도록, 우리들이 해야 할 일은 거짓 자백뿐이었습니다.

김진수와 나는 여전히 식판 하나를 받아 한줌의 식사를 나눠 먹었습니다. 몇시간 전에 조사실에서 겪은 것들을 뒤로하고, 밥알 하나, 김치 한쪽을 두고 짐승처럼 싸우지 않기 위해 인내하며 묵묵히 숟가락질을 했습니다. 실제로 어떤 사람들은 식판을 내려놓고 소리쳤습니다. 참을 만큼 참았어. 그렇게 네가 다 처먹으면 난 어쩌란 말이야. 으르렁거리는 그들 사이로 몸을 밀어넣으며 한 남자애가 더듬더듬 말했습니다. 그, 그러지 마요. 좀처럼 입을 떼지 않는, 늘 주눅 든 듯 조용한 아이였기에 나는 놀랐습니다.

우, 우리는…… 주, 죽을 가, 각오를 했었잖아요.

김진수의 공허한 눈이 내 눈과 마주친 것은 그때였습니다.

순간 깨달았습니다. 그들이 원한 게 무엇이었는지. 우리를 굶기고 고문하면서 그들이 하고 싶었던 말이 무엇이었는지. *너희들이 태극기를 흔들고 애국가를 부른 게 얼마나 웃기는 일이었는지, 우리가 깨닫게 해주겠다. 냄새를 풍기는 더러운 몸, 상처가 문드러지는 몸, 굶주린 짐승 같은 몸뚱어리들이 너희들이라는 걸, 우리가 증명해주겠다.*

*

그 남자애의 이름은 영재였습니다. 그날 이후 김진수는 종종 그 이름을 불렀습니다. 식사가 끝난 뒤 감시병이 너그러워지는 십여 분 동안 가만가만 말을 걸었습니다. *영재야, 그렇게 먹고 배 안 고프냐. 김영재, 너 본관이 어디냐. 나도 김해 김씬데. 무슨 파냐. 말 높이지 마라, 열여섯살이라면서. 나 너보다 네살밖에 안 많아. 그렇게 내가 나이 들어 보이냐. 그래라 그럼. 삼촌이라고 해라. 어차피*

항렬로 네가 조카니까.

두사람이 주고받는 시시콜콜한 대화를 옆에서 들으면서, 그 아이가 초등학교만 마치고 삼년째 외삼촌의 목공소에서 기술을 배우고 있었다는 걸 알게 되었습니다. 두살 많은 외사촌형을 따라 시민군에 들어갔는데, 형은 마지막 새벽 YMCA에서 죽고 혼자 잡혀왔다고 했습니다. *카, 카스테라가 제, 제, 제일 머, 먹고 싶어요. 사, 사이다하고 가, 같이.* 외사촌이 죽던 이야기를 하면서도 울지 않던 그 아이는, 뭐가 먹고 싶으냐는 말에 주먹으로 눈언저리를 문지르며 대답했습니다. 눈을 문지르지 않는 그 아이의 왼 주먹, 꽉 움켜쥔 그 손가락들 사이에 약솜이 끼워져 있는 것을 나는 묵묵히 바라봤습니다.

*

생각하고 또 생각했습니다.

이해하고 싶었기 때문입니다.

어떻게든 내가 겪은 일들을 이해해야 했기 때문입니다.

묽은 진물과 진득한 고름, 냄새나는 침, 피, 눈물과 콧물, 속옷에 지린 오줌과 똥. 그것들이 내가 가진 전부였습니다. 아니, 그것들 자체가 바로 나였습니다. 그것들 속에서 썩어가는 살덩어리가 나였습니다.

지금도 나는 여름을 견디지 못합니다. 벌레 같은 땀이 스멀스멀 가슴팍과 등으로 흘러내리면, 내가 살덩어리였던 순간들의 기억이 고스란히 돌아와 있는 걸 느끼며 깊은 숨을 쉽니다. 이를 악물고 더 깊은 숨을 쉽니다.

*

각진 각목이 어깻죽지와 등허리 사이로 비집고 들어와, 자신의 곧은 물성대로 활짝 펴지며 내 몸을 비틀 때, 제발, 그만, 잘못했습니다, 헐떡이는 일초와 일초 사이, 손톱과 발톱 속으로 그들이 송곳을 꽂아넣을 때, 숨, 들이쉬고, 뱉고, 제발, 그만, 잘못했습니다, 신음, 일초와 일초 사이, 다시 비명, *몸이 사라져주기를, 지금 제발, 지금 내 몸이 지워지기를,*

*

우리가 조서를 쓰던 여름부터 가을까지 작은 단층 블록 건물 하나가 상무대 공터에 세워졌습니다. 어디로도 우리를 이송하지 않고 재판하기 위해 새로 군법재판소를 지은 것입니다. 갑자기 쌀쌀해진 시월 셋째주, 최종 조서가 넘어간 지 열흘 만에 재판이 열렸습니다. 그 열흘간 처음으로 우리들은 고문 없는 수감 생활을 했습니다. 몸 구석구석의 상처들이 서서히 아물며 검붉은 딱지가 앉았습니다.

하루에 두차례씩 닷새 동안 재판이 열렸던 걸로 기억합니다. 한 번에 약 삼십명씩 들어가 선고를 받았습니다. 피고가 너무 많았기 때문에, 방청석 장의자들의 마지막 열까지 우리들이 줄을 맞춰 앉았습니다. 총을 멘 군인 수십명도 줄을 맞춰 우리 사이사이에 앉았습니다.

전원 고개 숙인다.

하사의 명령에 나는 고개를 숙였습니다.

더 깊이 숙인다.

나는 더 깊이 고개를 숙였습니다.

재판장님이 곧 들어오신다. 끽소리만 내도 즉석 총살이다, 알겠나. 입 닥치고, 끝까지 고개 숙이고 있어야 한다. 최후변론은 일분을 초과하면 안된다, 알겠나.

그들은 장전한 소총을 들고 의자와 의자 사이를 다니며, 자세가 바르지 않은 사람의 머리를 개머리판으로 쳤습니다. 재판소 밖에서 가을 풀벌레가 울고 있었습니다. 그날 아침 새로 받은, 세제 냄새가 풍기는 깨끗한 푸른색 수의를 입고서 나는 즉석 총살이란 말을 곰곰이 생각했습니다. 정말 닥쳐올 총살을 기다리듯 숨을 죽였습니다. 죽음은 새 수의같이 서늘한 것일지도 모른다고 그때 생각했습니다. 지나간 여름이 삶이었다면, 피고름과 땀으로 얼룩진 몸뚱이가 삶이었다면, 아무리 신음해도 흐르지 않던 일초들이, 치욕적인 허기 속에서 쉰 콩나물을 씹던 순간들이 삶이었다면, 죽음은 그 모든 걸 한번에 지우는 깨끗한 붓질 같은 것이리라고.

재판장님이 입장하십니다.

서기의 말이 떨어지자 앞문이 열리며 법무장교 셋이 차례로 들어왔습니다. 깊이 고개를 숙이고 있던 내 귀에 이상한 소리가 들린 건 그때였습니다. 앞에서 두번째 줄 정도였습니다. 반쯤 고개를 들고 나는 앞쪽을 살폈습니다. 누군가가 소리 죽여 흐느끼듯 애국가 첫 소절을 부르기 시작하고 있었습니다. 그가 어린 영재라는 걸 깨달았을 때, 누가 먼저랄 것 없이 이미 합창이 시작돼 있었습니다. 자력에 이끌린 것처럼 나도 따라 불렀습니다. 죽은 듯이 고개를 숙이고 있던 우리들이, 땀과 피와 고름이었던 우리들이 조용히 노래하는 동안, 어째서였는지 그들은 제지하지 않았습니다. 소리치지도, 개머리판으로 머리를 내리치지도, 위협했던 대로 벽으로 몰아넣어 총살하지도 않았습니다. 우리가 노래를 끝마칠 때까지, 소절과 소절 사이마다 위태한 침묵이 풀벌레 소리와 함께, 간이재판소의 서늘한 공기 속에 도사리고 있었습니다.

*

나는 9년형을, 김진수는 7년형을 언도받았습니다.

하지만 형량은 무의미했습니다. 이듬해 성탄절까지 군부는 우리 모두를, 사형과 무기징역을 선고받은 사람들까지 특사로 석방했으니까요. 그 죄목들이 부조리했다는 걸 스스로 자백하듯 말입니다.

김진수를 다시 만난 것은 교도소를 나온 지 이태가 되어가던 세

밑이었습니다. 중학교 동창을 만나 밤새 술을 퍼마시고 집으로 돌아가던 새벽, 길가 허름한 해장국집에 혼자 앉아 있는 젊은 남자를 창 너머로 보며 지나쳤다가 나는 멈췄습니다. 진지하게 숙제를 하는 듯 숟가락을 꽉 쥐고 국밥을 내려다보는 자세가 낯익었기 때문입니다. 아무리 애써도 이해할 수 없는 수수께끼가 그 안에 담겨 있는 듯 캄캄한 선지국의 밑바닥을 들여다보는, 길고 짙은 속눈썹 아래 열린 공허한 눈.

내가 국밥집으로 들어가 김진수의 앞에 앉자, 그는 무감각하고 차가운 시선으로 나를 건너다보았습니다. 술이 덜 깬 나는 잠자코 웃었습니다. 취기가 잠시 허락해준 너그러움으로 기다렸습니다. 잠에서 막 깨어난 것처럼 부스스하고 희미한 미소가 그의 얼굴에 어릴 때까지.

주섬주섬 그간의 안부를 묻는 동안, 우리의 눈길은 투명한 촉수처럼 조용히 서로에게 뻗어나가 얼굴 안쪽의 그늘을, 대화와 헛웃음으로 덮이지 않는 고통의 흔적을 어루만져 확인했습니다. 우리는 모두 학교로 돌아가지 못했고, 가족의 신세를 지며 생계를 이어가고 있었습니다. 김진수는 매형의 전파사 일을 돕고 있었고, 나는 큰댁에서 하는 한식당 일을 돕다가 얼마전에 그만둔 상태였습니다. 연말까지 쉬다가 해가 바뀌면 택시 회사에 들어갈 생각이라고, 돈을 모아 언젠가 개인택시를 하겠다고 내가 말하자 그는 덤덤하게 대꾸했습니다.

매형도 나한테 충고하더라고요, 중장비기사 자격증을 따라고.

어차피 일반 회사는 못 들어가니까. 그런데 운전면허는 어떻게 따셨어요? 요즘 문제집을 들여다보는데 머리가 아파요. 실제로 두통이 심해서 외워지지 않아요. 어떨 땐 전파사에서 돈 계산하는 것도 만만치 않아요. 조금만 복잡한 더하기 빼기를 해도 머리가 아파서.

나 역시 원인 없는 치통 때문에 자주 진통제를 먹는다고 말하자 그는 다시 덤덤하게 물었습니다.

잠은 잘 자나요. 난 잠이 안 와서 혼자 소주 두병 마시고 지금 해장하고 있었어요. 집에서 술 먹으면 누나가 싫어하니까. 누나는 뭐, 나한테 화내거나 하진 않아요. 그냥 울죠. 그게 보기 싫어서 더 술 생각이 나죠.

한잔 더 할까요, 물으며 그는 내 얼굴을 무심히 건너다보았습니다.

우리 한잔 더 하죠.

모직코트 깃을 올려세운 직장인들이 창밖으로 바삐 걸어 출근할 무렵까지 우리는 함께 마셨습니다. 아무것도 잊게 해주지 않는 투명하고 독한 술을, 차가운 유리잔에 붓고 다시 부었습니다. 드문드문 기억이 끊기다가, 나중에는 완전히 끊어졌습니다. 어떻게 그와 헤어져서 집으로 돌아왔는지 기억할 수 없습니다. 김진수의 실수로 술병이 탁자에 엎어지고 차가운 술이 내 코르덴 바지를 적시던 감각, 그가 스웨터 소매로 함부로 술을 닦아내던 모습, 마침내 고개를 가누지 못하고 탁자에 이마를 엎드리던 순간들이 얼핏얼핏 떠오를 뿐입니다.

*

그후 우리는 이따금 만나 함께 술을 마셨습니다. 서로가 자격증
시험에 떨어지고, 교통사고를 내고, 빚이 생기고, 다치거나 병을 얻
고, 정 많고 서글서글한 여자를 만나 잠시 모든 고통이 끝났다고 믿
고, 그러나 자신의 손으로 모든 걸 무너뜨려 다시 혼자가 되는 비슷
한 경로를 거울 속 일그러진 얼굴처럼 지켜보는 사이 십년이 흘렀
습니다. 하루하루의 불면과 악몽, 하루하루의 진통제와 수면유도
제 속에서 우리는 더이상 젊지 않았습니다. 더이상 누구도 우리를
위해 염려하거나 눈물 흘리지 않았습니다. 우리 자신조차 우리를
경멸했습니다. 우리들의 몸속에 그 여름의 조사실이 있었습니다.
검정색 모나미 볼펜이 있었습니다. 하얗게 드러난 손가락뼈가 있
었습니다. 흐느끼며 애원하고 구걸하는 낯익은 음성이 있었습니다.
  언젠가 김진수는 나에게 말했습니다.
  꼭 죽이고 싶은 사람들이 있었어, 형.
  아직 완전히 취하지 않은 그의 검고 깊은 눈이 나를 응시했습
니다.
  언제가 됐든 내가 죽을 땐, 그 사람들까지 꼭 데리고 갈 생각이
었어.
  잠자코 나는 그의 잔에 술을 따랐습니다.
  그런데 이젠 그런 생각도 들지 않아. 지쳤어.
  형, 하고 그는 다시 나를 불렀습니다. 맑은 술이 담긴 유리잔을

내려다보며, 마치 내가 그 속에 있어 말을 거는 것처럼 고개를 들지 않았습니다.

우리는 총을 들었지, 그렇지?

나는 고개를 끄덕이지도, 그에게 대꾸하지도 않았습니다.

그게 우릴 지켜줄 줄 알았지.

스스로 묻고 스스로 답하는 일에 익숙한 듯, 그는 술잔을 향해 희미하게 웃었습니다.

하지만 우린 그걸 쏘지도 못했어.

*

작년 구월, 택시 교대를 마치고 집으로 돌아가던 새벽에 예고 없이 그를 만났습니다. 추적추적 가을비가 내리던 날이었습니다. 우산을 쓰고 캄캄한 골목 모퉁이를 막 돌았는데, 후드 달린 검은 방수 점퍼 차림의 김진수가 나를 기다리고 있었습니다. 얼마나 놀랐던지, 유령같이 해쓱한 그의 얼굴을 후려치고 싶은 이상한 분노를 느꼈던 기억이 납니다. 아니, 그 얼굴을 쓱쓱 손으로 문질러 표정을 지워버리고 싶었던 것 같습니다.

아니요, 적대적인 표정은 아니었습니다.

물론 지쳐 보였지만, 그건 특별한 게 아니었습니다. 지난 십년간 그는 거의 언제나 지쳐 보였으니까요. 그의 표정은 여느 때와 달랐습니다. 설명할 수 없는 차디찬 무엇, 체념도 슬픔도 원한도 아닌 무엇이 일렁이며 긴 속눈썹 아래로 물기 없이 흘러내리고 있었습니다.

아무 말도 하지 않는 그를 일단 내 방으로 데리고 갔습니다.

무슨 일이야.

옷을 갈아입으며 나는 물었습니다. 그는 방수 점퍼를 발치에 벗어놓고, 얇은 반팔 면 티셔츠 바람으로 정좌하고 있었습니다. 그 자세가 십년 전 상무대 유치장을 연상시켜 나는 다시 이상한 분노를 느꼈습니다. 십년 전 날마다 마주 보았던 것과 똑같은 특유의 구부정한 자세로 그는 땀 냄새를 풍기며, 체념과 복종과 공허함이 구역질 나게 뒤섞인 어두운 얼굴로 나를 올려다보고 있었습니다.

술 냄새도 안 나는데, 언제부터 기다리고 있었어? 비가 이렇게 오는데.

어제 재판이 있었어.

마침내 김진수가 입을 열었을 때, 얼른 이해하지 못해 나는 되물었습니다.

재판?

김영재 기억해? 우리하고 같은 방에 있었던.

나는 김진수를 마주 보고 앉았습니다. 그를 흉내 내듯 잠시 정좌했다가, 차가운 벽으로 물러나 느슨히 등을 기댔습니다.

항렬로 나하고 조카뻘이었던 애 말이야.

그래, 하고 나는 대답했습니다. 어쩐지 다음 말을 듣고 싶지 않았습니다.

이번에 정신병원에 들어가게 됐어.

그래, 하고 다시 대답하며 나는 냉장고를 돌아보았습니다. 소주
네병이 냉장칸 맨 아래에, 이틀 치 비상약처럼 조용히 숨겨져 있었
습니다.

아마 영원히 못 나올 거야.

나는 일어서서 냉장고로 걸어갔습니다. 소주병들을 꺼내 쟁반에
놓고 잔도 두개 꺼냈습니다. 뚜껑을 열려고 병목을 만질 때, 유리
표면에 맺혀 있던 차가운 물방울이 손바닥을 적셨습니다.

사람을 죽일 뻔했대.

나는 멸치볶음과 콩자반을 접시에 덜었습니다. 소주를 냉동실
얼음칸에 얼리고 싶다는 생각을 문득 했습니다. 주사위 모양의 얼
음 소주를 씹어 먹으면 어떤 기분일까.

안주 할 만한 게 이거밖에 없다.

발치에 쟁반을 내려놓는 나를 아랑곳하지 않으며 그는 점점 빠
르게 말을 이었습니다.

국선변호사가 그러는데, 지난 십년 동안 여섯차례 손목을 그었
대. 매일 밤 수면제를 술에 타서 먹고 잤대.

나는 김진수의 잔에 술을 채웠습니다. 한잔만 같이 마신 뒤 이불
을 깔고 누워 잠을 청할 생각이었습니다. 김진수에게는 혼자서 마
실 만큼 마시고 비가 그치는 대로 나가라고 말할 생각이었습니다.
그동안 김진수가 그 아이를 얼마나 자주 만났고 그 아이가 어떻게
살아왔는지 궁금하지 않았습니다. 그가 말한다 해도 듣고 싶지 않
았습니다.

날이 밝을 시간이었지만 비가 계속 내려, 창밖은 저녁 무렵처럼 어두웠습니다. 마침내 이불을 펴고 누우며 나는 감정을 섞지 않고 말했습니다.

너도 눈 좀 붙여라, 한잠도 못 잔 거 같은데.

그는 스스로 잔을 채워 한번에 들이켰습니다. 얼굴까지 이불을 덮어쓰고 돌아눕는 나를 향해 계속해서 느릿느릿, 궤변에 가까운 횡설수설을 이어갔습니다.

*

그러니까 형, 영혼이란 건 아무것도 아닌 건가.

아니, 그건 무슨 유리 같은 건가.

유리는 투명하고 깨지기 쉽지. 그게 유리의 본성이지. 그러니까 유리로 만든 물건은 조심해서 다뤄야 하는 거지. 금이 가거나 부서지면 못쓰게 되니까, 버려야 하니까.

예전에 우린 깨지지 않은 유리를 갖고 있었지. 그게 유린지 뭔지 확인도 안해본, 단단하고 투명한 진짜였지. 그러니까 우린, 부서지면서 우리가 영혼을 갖고 있었단 걸 보여준 거지. 진짜 유리로 만들어진 인간이었단 걸 증명한 거야.

*

살아 있는 김진수와의 만남은 그것이 마지막이었습니다.

부고를 들은 것은 그해 겨울이었습니다. 그 석달 동안 그가 어떻게 지냈는지 나는 알지 못합니다. 그가 한번 사무실로 전화한 적 있었지만 근무 중이어서 받지 못했고, 근무가 끝나 내가 전화를 걸었을 때엔 그가 전화를 받지 않았습니다.

그 가을은 유난히 비가 잦았고, 비가 그칠 때마다 가파르게 기온이 떨어졌습니다. 새벽에 근무를 마치고 골목 모퉁이를 돌아갈 때면 나도 모르게 걸음이 늦춰졌습니다. 그가 죽고 없는 지금도 마찬가집니다. 그 모퉁이 집을 지날 때면, 특히 비가 올 때면, 검은 방수 점퍼를 입고 어둠속에 유령처럼 서 있던 김진수가 떠오릅니다.

그의 장례식은 조촐했습니다. 그의 가족들은 그와 비슷하게 깊은 쌍꺼풀과 긴 속눈썹을, 그의 눈처럼 공허하고 속을 알 수 없는 눈빛을 가지고 있었습니다. 그의 누나는 한때 뛰어난 미인이었을 듯한 고운 얼굴로, 표정 없이 내 손을 잡았다가 놓았습니다. 관을 들 사람이 부족하다고 해서 화장장까지 같이 갔다가, 관이 화덕 속으로 들어가는 것까지만 보고 나는 돌아왔습니다. 시내까지 나오는 차편이 없어서, 버스가 다니는 삼거리까지 삼십분쯤 걸어나왔던 기억이 납니다.

*

유서는 보지 못했습니다.

이 사진이 정말 유서와 함께 있었습니까?

그런 이야기는 한번도 나에게 하지 않았습니다.

그와 내가 가까웠다 한들 얼마나 가까웠겠습니까. 우리는 서로에게 의지했지만, 동시에 언제나 서로의 얼굴을 후려치고 싶어했습니다. 지우고 싶어했습니다. 영원히 밀어내고 싶어했습니다.

내가 이 사진을 설명해야 합니까?

어디서부터, 어떻게 설명해야 합니까?

총을 맞아 죽은 사람들이 있고, 바닥이 피투성이군요. 도청 앞마당에 외신기자가 들어가서 찍었겠지요. 한국 기자들은 못 들어갔을 테니까.

그랬겠지요, 사진집에서 오렸겠지요. 여러 종류의 사진집들이 떠돌아다녔지 않습니까.

김진수가 어떤 이유로 이 사진을 끝까지 가지고 있었는지, 왜 유서 곁에 이 사진이 놓여 있었는지 내가 이제 추측해야 합니까?

여기 직선으로 쓰러져 죽어 있는 아이들에 대해 선생에게 말해야 합니까?

무슨 권리로 그걸 나에게 요구합니까.

*

군인들의 명령대로 이층 복도에 머리를 박고 있던 우리들이 도청 마당으로 끌려내려간 건 동틀 무렵이었습니다. 뒤로 손이 묶인 채 마당 가장자리에 일렬로 무릎 꿇고 앉은 우리들에게 한 장교가

다가왔습니다. 그는 흥분해 있었습니다. 한사람씩 군화로 등을 밟아 흙바닥에 머리를 박게 하며 욕설을 퍼부었습니다. 씨팔, 내가 월남 갔다 온 사람이야. 내 손으로 죽인 베트콩 새끼들이 서른명도 넘는다, 더러운 빨갱이 새끼들. 그때 김진수는 내 옆에 있었습니다. 장교가 김진수의 등을 밟자, 하필 자갈에 찧은 이마에서 피가 흘렀습니다.

다섯명의 어린 학생들이 이층에서 두 손을 들고 내려온 것은 그때였습니다. 계엄군이 대낮같이 조명탄을 밝히며 기관총을 난사하기 시작했을 때 내가 소회의실 캐비닛에 숨으라고 명령했던 네명의 고등학생과, 소파에서 김진수와 짧은 실랑이를 벌였던 중학생이었습니다. 더이상 총소리가 들리지 않자 그들은 김진수의 말대로 무기를 버리고 항복하러 내려온 것이었습니다.

저 새끼들 봐라, 김진수의 등을 밟고 있던 장교가 여전히 흥분한 채 소리쳤습니다. 씨팔 빨갱이들, 항복이다 이거냐? 목숨은 아깝다 이거냐? 한발을 여전히 김진수의 등에 올린 채 그는 M16을 들어 조준했습니다. 망설이지 않고 학생들에게 총을 갈겼습니다. 나도 모르게 고개를 들어 그의 얼굴을 봤습니다. *씨팔, 존나 영화 같지 않냐.* 치열이 고른 이를 드러내며 그가 부하를 향해 말했습니다.

아시겠습니까. 그러니까 이 사진에서 이 아이들이 나란히 누워 있는 건, 이렇게 가지런히 옮겨놓은 게 아닙니다. 한줄로 아이들이 걸어오고 있었던 겁니다. 우리가 시킨 대로 두 팔을 들고, 줄을 맞춰 걸어오고 있었던 겁니다.

*

어떤 기억은 아물지 않습니다. 시간이 흘러 기억이 흐릿해지는 게 아니라, 오히려 그 기억만 남기고 다른 모든 것이 서서히 마모됩니다. 색 전구가 하나씩 나가듯 세계가 어두워집니다. 나 역시 안전한 사람이 아니란 걸 알고 있습니다.

이제는 내가 선생에게 묻고 싶습니다.

그러니까 인간은, 근본적으로 잔인한 존재인 것입니까? 우리들은 단지 보편적인 경험을 한 것뿐입니까? 우리는 존엄하다는 착각 속에 살고 있을 뿐, 언제든 아무것도 아닌 것, 벌레, 짐승, 고름과 진물의 덩어리로 변할 수 있는 겁니까? 굴욕당하고 훼손되고 살해되는 것, 그것이 역사 속에서 증명된 인간의 본질입니까?

부마항쟁에 공수부대로 투입됐던 사람을 우연히 만난 적이 있습니다. 내 이력을 듣고 자신의 이력을 고백하더군요. 가능한 한 과격하게 진압하라는 명령이 있었다고 그가 말했습니다. 특별히 잔인하게 행동한 군인들에게는 상부에서 몇십만원씩 포상금이 내려왔다고 했습니다. 동료 중 하나가 그에게 말했다고 했습니다. *뭐가 문제냐? 맷값을 주면서 사람을 패라는데, 안 팰 이유가 없지 않아?*

베트남전에 파견됐던 어느 한국군 소대에 대한 이야기도 들었습니다. 그들은 시골 마을회관에 여자들과 아이들, 노인들을 모아놓고 모두 불태워 죽였다지요. 그런 일들을 전시에 행한 뒤 포상을 받은 사람들이 있었고, 그들 중 일부가 그 기억을 지니고 우리들을 죽이러 온 겁니다. 제주도에서, 관동과 난징에서, 보스니아에서, 모든 신대륙에서 그렇게 했던 것처럼, 유전자에 새겨진 듯 동일한 잔인성으로.

잊지 않고 있습니다. 내가 날마다 만나는 모든 이들이 인간이란 것을. 이 이야기를 듣고 있는 선생도 인간입니다. 그리고 나 역시 인간입니다.

날마다 이 손의 흉터를 들여다봅니다. 뼈가 드러났던 이 자리, 날마다 희끗한 진물을 뱉으며 썩어들어갔던 자리를 쓸어봅니다. 평범한 모나미 검정 볼펜을 우연히 마주칠 때마다 숨을 죽이고 기다립니다. 흙탕물처럼 시간이 나를 쓸어가길 기다립니다. 내가 밤낮없이 짊어지고 있는 더러운 죽음의 기억이, 진짜 죽음을 만나 깨끗이 나를 놓아주기를 기다립니다.

나는 싸우고 있습니다. 날마다 혼자서 싸웁니다. 살아남았다는, 아직도 살아 있다는 치욕과 싸웁니다. 내가 인간이라는 사실과 싸웁니다. 오직 죽음만이 그 사실로부터 앞당겨 벗어날 유일한 길이란 생각과 싸웁니다. 선생은, 나와 같은 인간인 선생은 어떤 대답을 나에게 해줄 수 있습니까?

5장
밤의 눈동자

　달은 밤의 눈동자라고 했다.

　그 말을 들었을 때 당신은 열일곱살이었다. 성희 언니의 옥탑방에서 노조 소모임을 마치고, 옥상 한켠에 신문지를 펴고 둘러앉아 복숭아를 깎아 먹던 일요일 봄밤이었다. 시집 읽는 걸 좋아하던 스무살 성희 언니가 보름달을 보고 말했다. *그럴듯하지 않니. 달은 밤의 눈동자래.* 모임의 막내였던 당신은 어쩐지 그 말이 무서웠다. *저 검은 하늘 가운데, 얼음같이 하얗고 차가운 눈동자 하나가 침묵하며 그녀들을 내려다보고 있다.* 그 말 들으니까 달이 무섭잖아요 언니. 당신의 말에 모두 까르르 웃었다. *세상에, 너같이 겁 많은 앤 처음 본다.* 누군가 말하며 복숭아 조각을 당신의 입에 넣어주었다. *어떻게 달이 다 무섭다니.*

19:00

당신은 담배를 꺼내 문다. 불을 붙여 한모금을 빤 뒤, 딱딱해진 목을 천천히 돌려 근육의 긴장을 푼다.

스무평 남짓한 이층 사무실에는 당신뿐이다. 창문은 모두 닫혀 있다. 팔월 저녁의 열기와 습도를 견디며 당신은 컴퓨터 앞에 앉아 있다. 스팸 메일 두통을 방금 지웠고, 새로 도착한 메일 한통을 아직 열지 않았다.

당신의 머리카락은 짧게 치켜깎여 있다. 청바지에 군청색 운동화를 신었고, 연회색 아사 셔츠는 팔꿈치를 덮을 만큼 소매가 길다. 셔츠의 등 위쪽은 땀에 젖어 진한 먹색으로 보인다. 그러나 전체적인 골격이 작고 쇄골과 목이 가냘퍼, 그 중성적인 차림에도 불구하고 예민한 인상을 준다.

당신의 귀밑머리를 적신 땀이 깡마른 턱선을 타고 흘러 셔츠 깃에 떨어진다. 인중에 솟은 땀을 주먹으로 닦아낸 뒤 당신은 메일을 연다. 두번에 걸쳐 천천히 편지를 읽는다. 마우스를 움직여 인터넷 창을 닫은 뒤 컴퓨터를 끈다. 모니터의 푸른색이 사라지고 캄캄해질 때까지 담배 연기를 거푸 삼켰다 뱉는다.

반쯤 탄 담배를 재떨이에 기대놓고 당신은 일어선다. 땀에 젖어 끈끈한 주먹을 청바지 주머니에 찔러넣는다. 밀폐된 사무실의 후끈한 공기를 들이마시며 창문을 향해 걷는다. 사무실이 마치 광활한 공간인 것처럼 느리게, 더 느리게 걷는다. 조금 몸을 움직였는데도 비 오듯 온몸에 땀이 흐른다. 당신의 짧은 머리카락 속이 땀방울들로 반짝거린다.

창 앞에서 당신은 걸음을 멈춘다. 자신의 모습만 어둑하게 비쳐 보이는 유리에 이마를 댄다. 시원하고 축축하다. 인적 없는 캄캄한 골목과 회백색 가로등이 내려다보인다. 당신은 유리에서 이마를 떼어낸다. 뒤편의 벽에 걸린 시계를 돌아보고, 의심하는 듯 자신의 손목시계를 한번 더 확인한다.

19:30

그 소리를 듣고 있었어.

소리 때문에 깨었지만 눈을 뜰 용기가 없어서, 눈을 감은 채 어둠을 향해 귀를 세우고 있었어.

고요히, 더 고요히 울리는 발자국 소리.
느린 춤의 스텝을 연습하는 아이처럼, 반복해서 제자리를 딛는 두 발의 가벼운 울림.

명치를 죄어오는 통증이 느껴졌어.

공포 때문인지, 반가움 때문인지 알 수 없었어.

마침내 난 몸을 일으켰어.

소리가 들리는 쪽으로 걸어가 문 앞에서 멈췄어.

방이 건조해 문고리에 걸어뒀던 물수건이 어둠속에 희끗하게 드러나 있었어.

소리는 거기서 들린 거였어.

거기서 물방울들이 끝없이 떨어져 장판 바닥을 흠뻑 적시고 있었어.

19:40

흰 라벨이 붙은 소형 공테이프 세개와 휴대용 녹음기가 당신의 책상에 놓여 있다. 눈을 뜬 채 잠을 청하는 사람처럼 규칙적인 숨소리를 내며, 땀에 젖어 번들거리는 얼굴로 당신은 그것들을 들여다보고 있다.

윤이 처음 당신에게 연락해온 것은 십년 전 봄, 당신이 이 단체의 사무국으로 옮겨온 지 얼마 되지 않았을 때였다. 대표전화로 당신을 찾은 그는 성희 언니에게서 연락처를 구했다고 말했다. 그가 쓰고 있는 논문의 주제와, 심리부검의 초점으로 삼았다는 시민군의 이름을 듣고 당신은 침묵했다.

생각해보고 전화드리겠습니다.

한시간 뒤 당신이 전화를 걸어 인터뷰를 거절했을 때 윤은 이해한다고 말했다. 이듬해 봄 그가 보내준 논문을 당신은 읽지 않았다.

이제 십년 만에 다시 연락해온 그는 이번만은 꼭 당신을 만나고 싶다고 말했고, 그냥 전화로 이야기하자는 당신에게 조심스럽게 물었다.

그때 보내드린 논문은, 혹시 읽어보셨습니까?

당신은 담담하게 대답했다.

아니요.

그는 조금 당황한 듯했지만 침착한 어조로 말을 이었다. 그 논문을 쓰면서 인터뷰했던 열명의 시민군들을 다시 수소문했고, 그 사이 두사람이 스스로 목숨을 끊어 이제 여덟명이 남았다는 사실을 알게 되었다. 그들 중 일곱사람이 인터뷰를 허락해 진행했는데, 십년 전에 발표했던 논문을 1장으로 하는 단행본의 말미에 그 녹취록을 실어 출간하려 한다.

듣고 계십니까, 그는 말을 끊고 물었다.

예, 듣고 있어요.

평소 전화를 받을 때의 습관대로 당신은 메모지를 옆에 두고, 대화에 들어 있던 10, 2, 8, 7과 같은 숫자를 또박또박 적어가고 있었다.

당시 여성으로서 구속된 분들이 여럿 있었는데, 증언자를 찾기 어렵습니다. 증언이 있더라도 너무 간략해요. 고통스러운 부분은 거의 생략되어 있고…… 부탁드립니다. 임선주 씨가 이 책의 여덟 번째 증언자가 되어주세요.

이번에 당신은 생각해볼 시간을 달라고 말하지 않았다.

죄송합니다. 인터뷰는 못합니다.

감정을 담지 않고 당신은 대답했다.

그러나 며칠 뒤 윤은 이 휴대용 녹음기와 테이프들이 담긴 소포를 사무실로 보내왔다. 달필이라고 보기 어려운 조잡한 필체로 씌어진 편지를 당신은 끝까지 읽었다. *저를 만나기 불편하시다면, 증언 내용을 녹음해 보내주실 수 있겠습니까?* 편지 하단에 그의 명함이 클립으로 고정되어 있었다.

당신은 마치 아무도 뜯어보지 않은 것처럼 다시 편지를 봉해 개인 캐비닛 안쪽에 넣었다. 오래전 그 자리에 넣어뒀던 그의 논문을 꺼내 점심시간까지 숙독했다. 부록으로 실린 녹취록은 한차례 더 읽었다. 동료들이 점심을 먹으러 빠져나간 사무실은 고요했다. 그들이 돌아오기 전에, 당신은 논문을 읽었다는 사실을 스스로에게 숨기듯 원래 자리에 넣은 뒤 캐비닛을 잠갔다.

20:00

이상하지.

단지 물이 떨어지는 소리였을 뿐인데, 누군가가 정말 왔던 것처럼 기억돼.

그 겨울 새벽, 명치가 죄어드는 통증 속에서 생각했던 그 걸음걸이가 생시였고, 수건에서 흐른 물로 젖어 있던 바닥은 꿈이었던 것 같아.

20:10

당신은 녹음기에 테이프를 끼워넣는다.

당신의 이름은 익명으로 처리될 것이다. 추측의 단서가 될 만한 사람이나 장소 역시 무작위의 이니셜로 표기될 것이다. 녹음의 편리한 점은 직접 얼굴을 마주하지 않아도 된다는 것뿐 아니라, 지우고 싶은 부분을 언제든 지우고 다시 증언할 수 있다는 데 있다고 윤은 편지에 썼다.

그러나 당신은 녹음 버튼을 누르지 않는다. 휴대용 녹음기의 반들반들한 플라스틱 모서리를, 마치 흠집이 있는지 확인하려는 듯 신중하게 손끝으로 더듬는다.

20:30

공교롭게도 이 사무실에서 당신의 주된 업무는 녹취다.

간담회와 포럼의 녹음을 풀고, 행사 사진을 기록실에 분류 보관한다. 중요한 행사들은 캠코더로 촬영한 뒤 쓸모에 맞게 서너개의 편집본을 만든다. 모두 손이 많이 가고 빛이 나지 않는 일이다. 혼자 계획을 세우고 오랜 시간 실행해야 하는 일이기도 하다. 자연히 동료들에 비해 업무량이 많지만, 야근과 주말 근무에 익숙한 당신에게는 문제가 되지 않는다. 월급 대신 활동비를 받으며 금액은 최저생계비에 못 미치지만, 전에 몸담았던 단체는 사정이 오히려 더 나빴다.

서서히 죽이는 것들.

이 단체에 몸담은 십년간 당신이 다뤄온 자료들은 그런 것들에 관한 것이다. 반감기가 긴 방사능 물질들. 이미 금지되었지만 사용되고 있거나 앞으로 금지시켜야 할 첨가물들. 암과 백혈병을 유발하는 산업용 독성 물질들, 농약과 화학비료들. 생태계를 파괴하는 토목사업들.

윤이 가지고 있을 녹음테이프들의 세계는 다를 것이다.

얼굴을 모르는 윤의 사무실을 당신은 상상한다. 그의 널찍한 책상을 상상한다. 그 위에 줄지어 놓여 있을 테이프들을 생각한다. 흰 라벨마다 그가 조잡한 글씨체로 적어넣었을 이름과 날짜를 생각한다. 테이프의 비좁고 반들반들한 갈색 띠를 따라 육성으로 새겨져 있을 빠른 죽음들, 총과 대검과 곤봉, 땀과 피와 살, 젖은 물수건과 송곳과 쇠 파이프의 세계를 생각한다.

당신은 휴대용 녹음기를 책상에 내려놓는다. 캐비닛을 열기 위해 허리를 구부린다. 윤의 논문을 꺼내 녹취록의 첫머리를 펼친다.

그들은 우리에게 고개를 숙이도록 했기 때문에, 트럭이 어디로 가는지 아무도 알 수 없었습니다.

어느 한적한 언덕의 건물 앞으로 우리들은 끌어내려졌습니다. 얼차려가 시작됐습니다. 욕설과 발길질이, 소총의 개머리판이 날아들었습니다. 흰 셔츠에 헐렁한 양복바지를 입고 있던 통통한 사십대 남자가 더 견디지 못하고 소리쳤습니다.

차라리 날 죽여라아.

그들이 그를 에워쌌습니다. 정말 죽이려는 듯 곤봉을 휘두르기 시작했습니다. 한순간 힘없이 늘어져 움직이지 않는 남자를 우리들은 숨죽이며 지켜봤습니다. 그들은 양동이에 물을 떠와 남자의 피투성이 얼굴에 끼얹고는 사진을 찍었습니다. 그는 반쯤 눈을 뜨고 있었습니다. 말갛게 씻긴 턱과 뺨에서 연한 핏물이 떨어졌습니다.

평범한 강당 같은 건물에서 보낸 사흘 동안 비슷한 일이 반복됐습니다. 낮에 시내에서 시위 진압을 한 그들은 저녁마다 술에 취한 채 우리에게 왔고, 얼차려 중에 눈에 띈 사람들을 용서하지 않았습니다. 맞다가 실신한 사람의 몸을 공처럼 구석까지 차고 가, 머리칼을 움켜쥐고 벽에 뒤통수를 찧었습니다. 숨이 끊어지면 얼굴에 물을 끼얹고 사진을 찍은 뒤 들것에 실어갔습니다.

나는 밤마다 기도했습니다. 절에도 교회에도 다닌 적 없었지만, 이 지옥에서 나가게만 해달라고 빌었습니다. 놀랍게도 기도가 이뤄졌습니다. 함께 갇혀 있던 이백여명의 사람들 가운데 나를 포함한 절반가량이 갑자기 풀려났습니다. 나중에 알고 보니 시민군이 조직돼 군인들이 작전상 후퇴를 하면서, 너무 많은 사람들을 데리고 이동하는 부담을 덜기 위해 무작위로 석방자를 추려낸 것이었습니다.

다시 트럭에 실려 언덕을 내려가는 동안에도 우리는 고개를 들 수 없었습니다. 나이가 아직 어려서였는지 나는 궁금해서, 미칠 듯이 궁금해서 비스듬히 고개를 틀어보았습니다. 내가 무릎 꿇은 곳은 마침 가장자리여서, 그렇게 하는 것만으로 바깥이 보였습니다.

아, 그곳이 J대였는지 나는 꿈에도 몰랐습니다.

주말이면 친구들과 축구하러 가던 운동장 뒤편 언덕에 신축 강당이 있었는데, 바로 그곳에 지난 사흘 동안 갇혀 있었던 겁니다. 군인들이 점거한 교정에는 사람의 기척이 없었습니다. 묘지처럼 고요하고 환한 길을 트럭이 달려가는데, 잔디밭에 여대생 둘이 잠든 듯이 누워 있는 게 보였습니다. 청바지를 입은 그들의 가슴에 노란 현수막이 덮여 있었습니다. '계엄 해제'라고 굵은 매직으로 적힌 글씨가 보였습니다.

잠깐 스쳐간 그 여대생들의 얼굴이 어떻게 그토록 정교하게 기억에 새겨졌는지 모릅니다.

깜박 잠드는 순간, 잠에서 막 깨어나는 순간마다 그 얼굴들을 봅니다. 창백한 피부, 다문 입술, 반듯이 현수막을 덮고 누워 있던 그 모습이, 눈앞에 있는 것처럼 선명하게 떠오릅니다. 턱과 뺨에서 연한 핏물이 떨어지던, 눈을 반쯤 뜨고 있던 남자의 얼굴과 함께…… 도려낼 수도 없는 내 눈꺼풀 안쪽에 박혀서.

21:00

당신이 꿈에 보는 광경은 이 증언자의 것과 다르다.

참혹한 시신이라면 당시 누구보다 많이 접했는데, 막상 피가 낭자한 꿈을 꾼 것은 지난 이십여년 동안 서너차례뿐이다. 대신 당신의 악몽은 차갑거나 고요하다. 흔적 없이 피가 마르고 뼈가 풍화되어 사라진 후의 어떤 장소다. 조금 전 당신이 창에 이마를 대고 내다본 풍경과 놀랄 만큼 흡사한 공간이다.

외등 갓의 바깥은 칠흑같이 검고, 그 안쪽은 수은처럼 연한 회백색이다. 그 가로등 아래 당신은 혼자 서 있다. 불빛이 비치는 곳까지만 안전하다. 어둠속에 무엇이 도사리고 있는지 알 수 없다. 하지만 상관없다, 몸을 움직이지 않을 테니까. 불빛의 동그라미를 빠져나가지 않을 테니까. 냉정한 긴장 속에서 당신은 기다린다. 해가 떠올라 원 밖의 어둠이 사라지기를 기다린다. 갑자기 휘청거려서는 안된다. 발을 움직여서도, 헛디뎌서도 안된다.

그러다 눈을 뜨면 아직 어두운 시각이다. 당신은 철제 침대에서 몸을 일으켜 머리맡의 스탠드를 켠다. 올해로 당신은 만 사십삼세가 되었고, 남자와 함께 살았던 것은 꼭 한번, 일년이 채 되지 않는 기간뿐이었다. 아무와도 함께 있지 않으므로 당신은 문 쪽으로 걸어가 서슴없이 형광등을 켠다. 화장실과 부엌, 현관까지 모두 밝힌 다음, 미세하게 떨리는 손으로 유리잔에 찬물을 따라 마신다.

21:20

누군가 출입문 손잡이를 돌리는 소리에 당신은 일어선다. 허리를 구부려 논문을 캐비닛에 넣으며 소리쳐 묻는다.

누구세요?

당신은 문을 잠가놓고 있었다.

박영홉니다.

당신은 현관으로 걸어나간다. 문이 열린 동시에 두사람이 합창하듯 묻는다.

이 시간에 어쩐 일이세요?

두사람 모두 웃음을 터뜨린다.

아직 웃음기가 입가에 남은 채, 동시에 미심쩍어하는 눈으로 박 팀장이 사무실 안쪽을 넘겨다본다. 자그마하고 통통한 체격에, 머리숱을 의식해 늘 앞머리를 길게 내리는 남자다.

월요일에 원전 방문하잖아요. 자료 중에 몇개 빼놓은 게 있어서요.

박 팀장은 자신의 자리로 가서 가방을 내려놓고 컴퓨터를 켠다. 남의 집을 갑자기 방문한 사람 같은 변명이 이어진다.

내일 개인적으로 지방에 갈 일이 생겨서요. 아무래도 자료를 미리 챙겨서 따로 가야 할 것 같습니다.

그의 목소리가 과장되게 쾌활해진다.

그런데 깜짝 놀랐습니다…… 당연히 아무도 없을 줄 알았는데 불이 켜져 있어서.

문득 그가 말을 멈춘다.

그건 그렇고, 사무실이 왜 이렇게 덥습니까?

그는 성큼성큼 걸어가 창문들을 활짝 연다. 사무실 벽에 걸린 선풍기 두대도 켠다. 열풍이 밀려들어오는 창을 등지고 걸어오며 고개를 가로젓는다.

이건 뭐, 찜질방이 따로 없네요.

21:50

이 단체의 실무자들 중 당신의 나이가 가장 많다. 말없이 일만 하는 당신을 후배들은 대체로 어려워한다. 선생님이라고 부르며 깍듯한 거리를 유지하는 그들에게 당신 역시 깍듯한 경어로 답한다. 자료가 필요할 때 그들은 묻는다. 어느 연도의 어느 포럼 자료를 찾는데요, 기록실에서 찾아봤는데 팜플릿만 있어서요. 발표문이 실린 책자는 없나요. 당신은 기억을 더듬어 대답한다. 그 포럼은 급하게 준비했기 때문에 책자 없이 진행했어요. 발표 내용은 현장에서 녹음해서 나중에 풀었는데, 그후 어디에도 쓰이지 않아서 파일로만 있어요. 언젠가 박 팀장은 농담조로 당신에게 말했다. 임 선생님은 걸어다니는 검색엔진이로군요.

이제 박 팀장은 사무실 중앙의 프린터 앞에 서서 인쇄물이 나오기를 기다리고 있다. 날렵한 눈길로 당신의 책상을 살핀다. 젖은 휴지를 깔아놓은 재떨이, 여러개의 담배꽁초, 커피가 가득 담긴 머그잔. 휴대용 녹음기와 테이프들.

탐색하던 눈이 당신과 마주친 순간, 예의 변명하는 듯한 말투로 그가 말한다.

임 선생님은 일하시는 걸 정말 좋아하나 봅니다.

제 말씀은, 하고 그가 고쳐 말한다.

만일 제가 머리가 희끗해질 때까지 계속 이 일을 하면, 임 선생님 모습이 앞으로의 내 모습이 되겠구나…… 뭐 그런 생각을 합니다.

그가 박봉의 활동비에 대해, 댓가에 비해 과도하고 불규칙한 업무에 대해, 유난히 정맥이 불거진 당신의 깡마른 손등에 대해 말하고 있다는 것을 당신은 이해한다. 레이저프린터가 낮고 성마른 기계음을 내며 인쇄물을 뱉어내는 동안 그는 잠시 입을 다물고 있다.

임 선생님에 대해서, 다들 궁금해합니다.

다시 유쾌한 어조로 그가 말을 건넨다.

따로 말씀 나눌 기회가 다들 없어서…… 회식에도 오지 않으시고, 곁을 워낙 안 주시니까요.

박 팀장은 인쇄물을 스테이플러로 철한 뒤 자신의 책상으로 간다. 선 채로 마우스를 움직여 다른 문서를 출력시키고는 프린터 앞으로 돌아온다.

노동운동하시는 김성희 선생하고 친하시다고 들었는데요. 그쪽에서 산재 파트를 맡아 일하시다가 저희 사무실로 오셨다고.

친하다기보다는……

당신은 신중하게 대답한다.

오랫동안 도와주셨지요, 저를.

저야 세대가 다르니까, 김성희 선생에 대해서는 전설 같은 얘기만 들었어요. 긴급조치가 시퍼런 유신 말기에, 여의도 부활절 미사에 신자 수십만명이 모였을 때 단상에 뛰어올라갔다면서요. 스물한두살 먹은 여공들 몇이, 생중계되는 CBS 마이크를 뺏어들고 우리는 인간이다, 노동삼권 보장하라, 몇번 외치고서 끌려내려갔다고.

그는 진지하게 묻는다.

임 선생님도 그 일에 관계되셨던 거지요?

당신은 고개를 젓는다.

그때 저는 서울에 없었어요.

아, 사람들 말로는 감옥에도 다녀오셨다고…… 저는 그 일 때문이었는 줄 알았는데요. 동료들도 다 그런 줄 알고 있는데.

어두운 창문으로 축축한 바람이 불어들어오고 있다. 무엇인가가 길게 내쉬는 숨 같다고 문득 당신은 생각한다. 거대한 생물 같은 밤이 입을 열고 습기 찬 날숨을 뱉어낸다. 사무실 가득 밀폐돼 있던 뜨거운 공기를 캄캄한 허파 속으로 빨아들인다.

갑작스러운 피로를 느끼며 당신은 고개를 숙인다. 커피잔 바닥에 가라앉은 적갈색 앙금을 잠시 들여다본다. 대답할 말이 마땅치 않을 때 늘 그렇게 하듯 고개를 들고 미소 짓는다. 여러줄의 가느다란 주름이 당신의 입가에 그어진다.

22:30

성희 언니는 나와 달라.
언니는 신도 믿고 인간도 믿으니까.

난 한번도 언니에게 설득되지 않았어.
오직 사랑으로 우릴 지켜본다는 존재를 믿을 수 없었어.
주기도문조차 끝까지 소리 내 읽을 수 없었어.

내가 그들의 죄를 사한 것같이 아버지가 내 죄를 사할 거라니.
난 아무것도 사하지 않고 사함 받지 않아.

22:40

당신은 불빛이 침침한 버스 정류장의 표지판 앞에 서 있다.

수첩과 책과 필기도구, 세면용품, 250밀리리터 생수병, 휴대용 녹음기와 테이프가 담긴 묵직한 배낭을 두 어깨에 짊어지고 있다.

모두 세 노선의 버스가 운행되는 한적한 정류장이다. 그 버스들이 연달아 도착해 승객들을 싣고 간 뒤 당신은 혼자 남았다. 가로등의 불빛이 닿지 않는 캄캄한 보도블록들을 당신은 묵묵히 쏘아본다.

당신은 표지판을 등지고 앞으로 걸어나간다. 어깨를 짓누르는 배낭끈 속에 두 손을 끼워넣는다. 미지근한 여름밤의 열풍을 느끼며 천천히 몸을 움직인다. 오른쪽에서 왼쪽으로, 다시 왼쪽에서 오른쪽으로 걷는다. 인도와 차도의 경계까지 갔다가 돌아온다.

박 팀장이 자료를 챙겨 사무실을 나설 때 당신도 배낭을 메고 나왔다. 끊길 듯 끊기지 않는 대화를 이어가며 이곳까지 걸어와 그가 버스에 오르는 것을 지켜봤다. 차창 안에서 멋쩍은 얼굴로 목례하는 그에게 함께 목례했다.

그가 나타나지 않았다면 할 수 있었을까, 당신은 생각한다.

용기를 내 녹음 버튼을 누를 수 있었을까.

침묵과 헛기침과 망설임, 헐겁거나 뻑뻑한 단어들을 덧붙이고 꿰매 어떤 내용을 완성할 수 있었을까.

그럴 수 있을 거라고 믿었으므로 당신은 광복절 연휴인 오늘 사무실에 나왔다. 시간이 지체될 경우 밤샘을 할 생각으로 세면도구까지 챙겨왔다.

하지만 정말 그게 가능했을까.

비좁아서 더욱 무더운 당신의 방으로 이제 돌아가면, 녹음기와 테이프를 식탁에 꺼내놓고 처음부터 다시 시작할 수 있을까.

22:50

지난 월요일, 뒤늦게 성희 언니의 소식을 전해들은 직후 당신은 그녀에게 전화를 걸었다. 한시간씩 간격을 두고 네번째 걸었을 때 통화가 됐다. 십년 만의 대화는 짧고 무덤덤했다. 방사선 치료 때문에 칼칼하게 변형된 그녀의 목소리에 당신은 숨죽여 귀 기울였다.

오랜만이야, 성희 언니는 낮고 쉰 목소리로 말했다.

잘 지내는지 궁금했어.

병원에 찾아가겠다는 말을 당신이 하지 않았으므로, 그녀 역시 오지 않아도 된다는 말을 하지 않았다. 다음 날 윤의 소포가 당신의 사무실에 배달된 것은 단지 우연이었는데, 견디기 어려운 두가지 일이 철사 매듭처럼 얽혀버린 이유에 대해 지금 당신은 생각하고 있다.

녹음을 하는 것과 성희 언니를 만나는 것.

성희 언니를 만나기 전에 녹음을 할 것.

23:00

견디는 것은 당신이 가장 잘하는 일이다.

중학교 졸업을 한 학기 앞두고 당신은 일을 시작했다. 교도소에서 보낸 일년여의 시간을 제외하면 노동을 멈춘 적이 없다. 어느 시기에나 당신은 성실하고 과묵했다. 일은 당신에게 고독을 보장해준다. 일과 짧은 휴식과 잠의 규칙적인 리듬 속에서 혼자 삶을 꾸려갈 수 있는 한, 빛의 동그라미 바깥을 두려워할 필요는 없다.

그러나 스무살이 되기 전까지 당신이 했던 일은 달랐다.

당신은 하루에 열다섯시간 일했고 한달에 이틀 쉬었다. 봉급은 남자 공원의 절반이었다. 잔업수당은 없었다. 하루 두알씩 타이밍을 먹어도 잠이 쏟아졌다. 선 채로 잠들면 작업반장이 욕을 하거나 뺨을 쳤다. 오후부터 묵직하게 붓던 종아리와 발등. 물품을 빼돌릴지 모른다는 이유로 퇴근하는 여공들을 몸 수색하던 경비들. 브래지어 언저리를 더듬을 때 느려지던 그들의 손. 치욕. 기침. 잦은 코피. 두통. 가래를 뱉으면 뭉쳐져나오던 거무스레한 실밥 덩어리들.

우리는 고귀해.

성희 언니는 자주 그렇게 말했다. 쉬는 일요일마다 청계피복노조 사무실에서 노동법 강의를 듣던 그녀는, 자신이 배운 것을 빼곡히 노트에 정리해와 소모임에서 강의했다. 한자 공부를 할 거란 성희 언니의 말에 당신은 별다른 두려움 없이 그 모임에 들어갔었다. 실제로 언니들은 모이자마자 한자부터 공부했다. 1800자는 알아야 해, 신문은 읽을 수 있어야지. 각자 펜글씨 공책에 서른자씩 쓰고 암기하는 일이 끝나면 성희 언니의 어색한 노동법 강의가 시작되었다. 그러니까…… 우리는 고귀해. 말문이 막히거나 기억이 얼른 안 날 때마다 성희 언니는 추임새처럼 그 말을 넣었다. 헌법에 따르면, 우리는 모든 사람들과 똑같이 고귀해. 그리고 노동법에 따르면 우리에겐 정당한 권리가 있어. 그녀의 목소리는 초등학교 여선생님처럼 상냥하고 낭랑했다. 이 법을 위해 죽은 사람이 있어.

어용노조를 큰 표 차로 꺾고 뽑힌 노조 간부들을 구사대와 경찰들이 끌고 가던 날, 2교대를 하려고 기숙사를 나와 출근하던 여공들 수백명이 사람의 벽을 만들었다. 많아야 스물한두살, 대부분이 십대인 여자애들이었다. 제대로 된 구호도 노래도 없었다. 잡아가지 마요. 잡아가면 안돼요. 소리치는 그녀들을 향해 각목을 든 구사대가 달려들었다. 헬멧과 방패로 중무장한 경찰 백여명을, 차창마다 철망이 쳐진 전경차들을 당신은 보았다. 무엇 때문에 저렇게 무장했을까, 얼핏 생각했다. 우린 싸움을 못하고 무기도 없는데.

성희 언니가 큰 소리로 외친 것은 그때였다. 옷을 벗어. 우리 다

같이 옷을 벗자. 누가 먼저랄 것 없이 그녀들은 옷을 벗었다. 잡아가지 마요, 소리치며 블라우스와 치마를 벗어 흔들었다. 그녀들이 지닌 가장 은밀한 것, 모든 사람들이 귀중하다고 말하는 것, 처녀들의 벗은 몸을 그들이 만질 수 없을 거라고 믿었기 때문이다. 그러나 그들은 브래지어 차림의 여자애들을 흙바닥에 끌고 갔다. 등허리의 맨살이 모래에 긁혀 피가 흘렀다. 머리가 헝클어지고 속옷이 찢겼다. 안돼, 잡아가면 안돼. 고막이 터질 듯 쨍쨍한 울부짖음 사이로, 그들은 수십명의 노조원들을 곤봉과 각목으로 때려 닭장차에 집어넣었다.

열여덟살이던 당신은 마지막에 끌려가다 모랫바닥에 미끄러져 넘어졌다. 서두르던 사복형사가 당신의 배를 밟고 옆구리를 걷어찬 뒤 가버렸다. 흙바닥에 엎드린 당신의 의식이 아득하게 흐려졌다 돌아왔다. 여자애들의 쨍쨍한 고함 소리가 멀어졌다 가까워졌다.

응급실로 업혀간 당신은 장파열 진단을 받았고, 입원해 있는 동안 해고 통보를 들었다. 퇴원한 뒤 언니들과 함께 복직투쟁을 하는 대신 당신은 고향 집으로 내려갔다. 몸을 추스른 뒤 인천으로 돌아와 다른 방직공장에 취직했지만 일주일을 못 채우고 해고됐다. 당신의 이름이 블랙리스트에 올라 있었던 것이다. 결국 당신은 이년 남짓한 방직공 경력을 포기하고, 친척의 주선으로 광주 충장로의 양장점에 미싱사 시다로 취직했다. 급료는 여공 시절보다 더 형편없었지만, 그만두고 싶을 때마다 막연히 성희 언니의 목소리가 떠올랐다. ……*그러니까, 우리는 고귀하니까.* 그럴 때면 그녀에게 편지를 썼다. *나는 잘 지내고 있어요 언니. 쉽게 미싱사가 될 수 있을 것 같지는 않지만요. 기술이 어렵다기보다는 잘 안 가르쳐주는 게 문제예요. 그래도 인내심 있게 배워봐야죠.* 기술, 인내심 같은 단어들은 소모임에서 배웠던 한자로 반듯하게 획을 살려 썼다. 성희 언니가 자주 걸음하는 산업선교회 주소로 편지를 부치면 답장은 아주 가끔씩 짧게 왔다. *그래야지. 너는 어디서 뭘 해도 잘할 거야.* 그렇게 한해 두해 시간이 흐르며 서로 연락이 끊어졌다.

어렵게 배운 기술로 삼년 만에 미싱사가 됐을 때 당신은 스물한 살이었다. 그해 가을, 당신보다 어린 여공이 야당 당사에서 농성을 하다 죽었다. 사이다 병 조각으로 스스로 손목을 긋고 삼층에서 뛰어내렸다는 정부의 발표를 당신은 믿지 않았다. 퍼즐 맞추기를 하듯 신문에 실린 사진들을, 검열되어 텅 빈 공란들을, 격앙된 사설의 어둑한 반대편을 들여다봐야 했다.

당신의 배를 밟고 옆구리를 찼던 사복형사의 얼굴을 당신은 잊지 않았다. 중앙정보부가 구사대들을 직접 교육하고 지원하고 있다는 것을, 그 폭력의 정점에 군인 대통령이 있다는 것을 잊지 않았다. 당신은 긴급조치 9호의 의미를 이해했고, 대학 정문에서 스크럼을 짠 학생들이 외치는 구호를 이해했다. 이어서 부산과 마산에서 일어난 일들을 이해하기 위해 신문 속 퍼즐을 맞췄다. 부서진 전화 부스들과 불타는 파출소, 투석전을 벌이는 성난 군중. 오직 상상으로 유추해야 하는 공란 속의 문장들.

대통령이 돌연히 죽은 시월 당신은 자문했다. 이제 폭력의 정점이 사라졌으니, 더이상 그들은 옷을 벗어들고 울부짖는 여공들을 끌고 가지 못하는가? 넘어진 여자애의 배를 밟아 창자를 터뜨리지 못하는가? 박 대통령의 신임을 받았다는 젊은 소장이 장갑차를 이끌고 서울에 입성하는 것을, 곧이어 중앙정보부장을 겸직하는 것을 당신은 신문을 통해 지켜보았다. 조용히 소름이 끼쳤다. *무서운 일이 생길 것 같아.* 임 양은 신문이 그렇게 좋아? 중년의 재단사는 당신을 놀리곤 했다. 젊어 좋겠어, 그렇게 잔글씨가 안경도 없이 뵈고.

그리고 그 버스를 당신은 보았다.

양장점 주인이 대학생 아들을 데리고 영암의 동생네로 내려가버린 화창한 봄날이었다. 낮에 갑자기 할 일이 없어져 서름서름 거리를 걷던 당신의 눈에 그 시내버스가 들어왔다. 계엄 해제. 노동삼권 보장. 차창 아래 길게 걸어놓은 흰 현수막에 파란 매직으로 쓴 글씨가 보였다. 작업복 차림의 전남방직 여공 수십명이 버스를 가득 채우고 있었다. 햇빛을 못 봐 데친 버섯같이 얼굴이 창백한 여자애들이 나무 막대들을 들고, 차창 밖으로 팔을 내밀어 차체를 치며 노래를 불렀다. 당신이 기억하는 쨍쨍한 목소리, 무슨 새나 어린 짐승들이 한꺼번에 내는 것 같은 목소리였다.

우리들은 정의파다 좋다 좋다
같이 죽고 같이 산다 좋다 좋다
무릎 꿇고 살기보다 서서 죽길 원한단다
우리들은 정의파다

똑똑히 기억하는 그 노래를 따라, 당신은 홀린 듯 그 버스가 사라진 방향으로 걸었다. 수십만의 군중이 거리 곳곳에서 몰려들어 광장으로 향하고 있었다. 이른 봄부터 스크럼을 짜고 몰려다니던 대학생들은 보이지 않았다. 노인들, 초등학생 아이들, 작업복 차림의 남녀 공원들, 넥타이를 맨 젊은 남자들, 투피스에 힐을 신은 젊은 여자들, 그것도 무기라고 장우산을 들고 나온 새마을 점퍼 차림의 아저씨들. 그 모든 사람들의 행렬 앞에, 신역에서 총을 맞은 청년들의 시신 두구가 수레에 실려 광장으로 나아가고 있었다.

23:50

당신은 가파른 계단을 걸어올라 지하철 역사를 빠져나온다. 객차의 에어컨 바람에 서늘하게 말랐던 살갗에 습기가 다시 엉긴다. 대단한 열대야다. 자정이 가까운데 아직 바람이 식지 않았다.

출구 앞에 세워진 병원의 안내 표지판을 보고 당신은 멈춰 선다. 주간에만 운행하는 셔틀버스 시간표를 잠시 들여다본 뒤 배낭끈 아래 두 손을 끼운다. 미지근한 공기를 들이마시며 언덕길을 걸어오른다. 이따금 배낭끈에서 손을 빼내 목에 밴 끈끈한 땀을 닦아낸다.

누군가가 흰색 스프레이 페인트로 조악한 그래피티를 그려놓은 상점의 셔터를 당신은 지나친다. 24시간 편의점 앞에 내놓은 파라

솔 아래 모여앉아 캔맥주를 마시는 사내들을 지나친다. 언덕 꼭대기에 서 있는 대학병원 건물을 당신은 올려다본다. 쨍쨍 울리는 여자애들의 노랫소리가 이 밤으로부터 아득히 먼 버스에서 울려오는 것을 듣는다. *무릎 꿇고 살기보다 서서 죽길 원한단다 먼저 가신 임들을 위해 다 같이 묵념합시다, 먼저 가신 임들을 따라 끝까지 싸웁시다 그러니까…… 우리는 고귀하니까.*

0:10

병원 정문에 들어서자 어두운 언덕길은 양옆으로 가등을 밝힌 채 장례식장으로, 병원의 본관과 별관으로 유연한 곡선을 이루며 뻗어가 있다. 화환들이 늘어선 장례식장 현관을 당신은 지나친다. 흰 와이셔츠에 황색 완장을 찬 청년들이 마주 서서 담배를 피우는 모습을 본다.

밤이 깊었지만 당신은 졸리지 않다. 배낭이 무겁고 등과 어깨가 흠뻑 땀에 젖었지만 상관없다. 생시보다 선명한 꿈들을 기억하며 당신은 계속 걷는다.

수백조각의 쇠비늘을 덧댄 것 같은 갑옷을 입고 당신은 고층 건물 옥상에서 떨어진다. 머리부터 바닥에 부딪혔는데도 죽지 않고 다시 비상계단을 걸어오른다. 다시 옥상에서 서슴없이 낙하한다. 이번에도 죽지 않고 비상계단을 오른다, 한번 더 떨어지기 위해서.

그렇게 높은 데서 떨어지는데 갑옷이 무슨 소용이야. 한겹 꿈을 열고 나오며 당신은 자신에게 묻는다. 그러나 깨어나는 대신 다음 겹의 꿈으로 스며들어간다. 거대한 빙하가 당신의 몸을 내리누른다. 고체인 당신은 으스러진다. 빙하 아래로 흐르고 싶다고 당신은 생각한다. 바닷물이든 석유든 용암이든, 어떤 액체가 되어서 이 무게로부터 벗어나야 한다. 그 길밖에 없다. 그 꿈까지 열고 나오면 마침내 마지막 겹의 꿈이 기다리고 있다. 회백색 가로등 아래에서 어둠을 지켜보며 당신은 꼿꼿하게 서 있다.

생시에 가까워질수록 꿈은 그렇게 덜 잔혹해진다. 잠은 더 얇아진다. 습자지처럼 얇아져 바스락거리다 마침내 깨어난다. 악몽 따위는 아무것도 아니라는 것을 일깨워주는 기억들이 조용히 당신의 머리맡에서 기다리고 있다.

0:20

무엇이 문제인가,라고 당신은 자신에게 물은 적 있다. 모든 게 지나갔지 않은가. 당신에게 고통을 줄 가능성이 백분의 일, 천분의 일이라도 있는 사람들은 당신 스스로 깨끗이 밀어냈지 않나.

그게 그렇게 어려운 일이니,라고 묻던 성희 언니의 침착한 목소리를 당신은 기억한다. 무슨 권리로 내 이야길 사람들에게 하는 거야,라고 당신이 이를 악물며 물었을 때였다. 이어 대답하던 성희 언니의 차분한 얼굴을 당신은 지난 십년 동안 용서하지 않았다. 나라면 너처럼 숨지 않았을 거야, 그녀는 또박또박 말했다. *나 자신을 지키는 일로 남은 인생을 흘려보내진 않았을 거란 말이야.*

팔개월 동안 남편이었던 남자의 유순한 목소리를 당신은 기억한다. 눈이 작은데 예뻐요,라고 그는 처음에 말했다. 그쪽 얼굴을 그리려면 단순한 선 몇개만 그으면 되겠네요. 긴 눈하고 코하고 입하고, 흰 종이에 쓱쓱 정갈하게. 송아지처럼 크고 물기가 많던 그의 눈을 당신은 기억한다. 입술이 일그러지던 모습을, 흰자위가 충혈된 채 물끄러미 당신을 마주 보던 순간을 기억한다. 그러지 마,라고 그는 당신에게 말하곤 했다. 그렇게 무서운 눈으로 날 보지 마.

조금 전 사무실에서 읽었던, 독촉하려는 것이 아닙니다,라는 문장으로 시작된 윤의 장황한 독촉 메일을 기억한다. 저는 그 폭력의 경험을, 열흘이란 짧은 항쟁 기간으로 국한할 수 없다고 생각합니다. 체르노빌의 피폭이 지나간 것이 아니라 몇십년에 걸쳐 계속되고 있는 것과 같습니다. 허락된다면 앞으로 십년 후에도 후속 논문을 쓰려고 합니다. 부디 저를 도와주십시오. 기억을 더듬어 증언을 보태주십시오.

0:30

입원 병동이 있는 본관 로비에는 조명이 완전히 꺼져 있다. 별관 측면의 응급실 입구에만 환하게 불이 밝혀져 있다. 방금 위급한 환자를 수송한 듯, 지방 병원의 구급차 한대가 비상 깜박이를 켜고 뒷문을 열어놓은 채 정차하고 있다.

활짝 열려 있는 현관을 통과해 당신은 응급실 복도에 들어선다. 신음과 다급한 목소리, 무엇인가를 세차게 흡입해내는 의료기구의 기계음, 환자용 침상을 옮기는 소란한 바퀴 소리를 듣는다. 수납창구 앞에 여러줄로 놓인 등받이 없는 의자에 걸터앉는 당신에게 창구의 중년 여자가 묻는다.

어떻게 오셨습니까?

……누구를 만나려고요.

사실이 아니다. 당신은 여기서 아무도 만나기로 하지 않았다. 면회가 허락되는 아침이 된다 해도, 성희 언니가 당신을 만나기를 원할 것인지도 알지 못한다.

등산복 차림의 중년 남자가 동료의 부축을 받으며 걸어들어온다. 거친 솜씨로 팔에 부목을 한 것으로 미루어 야간산행 중 부상당한 것 같다. 괜찮아, 이제 다 왔어. 배낭 두개를 겹쳐 어깨에 둘러멘 동료가 다친 남자를 달랜다. 두사람의 얼굴이 비슷한 표정으로 일그러져 있는 것을 당신은 본다. 다시 보니 동료가 아니라 형제인 듯 이목구비가 닮아 있다. 조금만 참아. 곧 의사가 올 거야.

곧 의사가 올 거야.
주문처럼 그가 되풀이하는 말을 들으며 당신은 의자 끝에 꼼짝

않고 앉아 있다. 오래전 당신에게 의사가 되고 싶다고 말했던 여자애를 생각한다.

성희 언니가 소모임에 신입 회원을 받자고 해서 당신이 말을 꺼내봤던 아이였다. 당신처럼 중학교를 마치기 전에 나이를 속이고 공장에 들어온, 키가 자그마하고 웃음이 송글송글하던 그애는 거절했다. 저는 조합 활동 적극적으로 못해요. 해고되면 안되거든요. 동생 학비도 보내야 하고, 언젠가 저도 공부를 할 거니까요. 의사가 되고 싶어요.

장파열로 당신이 입원해 있었을 때였다. 명동성당에서 농성하다 잠깐 문병 온 동료가 말했다.

……사방에 흩어진 우리 신발을, 정미가 전부 모아서 노조 사무실에 갖다놨대. 쪼그만 게 그렇게 서럽게 울더란다.

연행되지 않으려고 몸부림치다 벗겨진 신들이 사방에 널려 있었을 것이다. 열여섯살 난 그애는 무엇이 자신을 울게 하는지도 모르면서 그 신들을 가슴에 안고 이층 노조 사무실로, 아무도 남아 있지 않은 빈방으로 걸어올라갔을 것이다.

그날 오후 회진을 온 말쑥한 얼굴의 의사와 레지던트와 인턴들을 당신은 유심히 올려다봤다. 그애는 그들 같은 의사가 될 수 없다고 그때 생각했다. 동생을 대학 졸업시키면 이십대 중반이 될 것이고, 그때부터 중학교 검정고시를 준비한다 해도…… 아니, 그애는 그때까지 공장에서 버티지도 못할 것이다. 그애는 자주 코피를 쏟았고 깊은 기침을 했다. 발육이 덜 돼 열무처럼 가는 종아리로 방직기 사이를 뛰어다니다가, 기둥에 기대서서 의식을 잃듯 깜박 졸았다. 어떻게 이렇게 시끄러워요? 아무 말도 안 들려요. 처음 일을 배우던 날엔 방직기 소음에 놀라, 겁에 질린 듯 동그랗게 뜬 눈으로 당신에게 외쳤다.

2:00

락스 냄새가 유난히 강한 병원 화장실의 거울 앞에서 당신은 생수병의 물을 들이켠다. 세면대에 물을 틀어 세수를 하고 오래 이를 닦는다. 십여년 전 성희 언니를 따라 현장에서 장기농성을 하던 때처럼, 화장실에 비치된 비누로 머리를 감은 뒤 손수건으로 물기를 털어낸다. 헝겊 주머니에서 샘플 로션을 꺼내 창백한 얼굴에 펴바른다.

지난 월요일 전화로 들은 성희 언니의 음성이 달라져 있었기 때문에, 순간적으로 당신은 그녀의 얼굴을 기억할 수 없었다. 통화가 끝나고서야 총명한 눈매가, 웃을 때 보이던 분홍빛 잇몸이 떠올랐다. 십년이 흘렀으니 그 얼굴도 변했을 것이다. 늙었을 것이다. 야위었을 것이다. 지금은 잠들어 있을 것이다. 낮고 거친 숨소리가, 앓는 짐승처럼 코 고는 소리가 함께 새어나오고 있을 것이다.

이십대의 성희 언니가 수년간 신세졌던 곳, 경찰이 함부로 들이

닥칠 수 없었던 곳, 외국인 목사가 노동사목을 하던 이층집의 다락
방에 염치없이 당신까지 끼여 잠들었던 늦겨울 밤, 초등학교 여선
생님 같은 인상에 어울리지 않게 성희 언니는 밤새 코를 골았다.
당신이 벽을 향해 돌아누워도, 나프탈렌 냄새가 나는 솜이불을 이
마까지 뒤집어써도 그 소리를 피할 수 없었다.

2:50

시멘트 벽과 수납창구 앞 장의자가 만나는 구석 자리에서 배낭
을 끌어안고 웅크려앉아 당신은 깜박 잠들었다. 흠칫 잠이 얇아질
때마다 윤의 메일에서 반복된 단어들이 커서처럼 눈부시게 깜박인
다. 증언. 의미. 기억. 미래를 위해.

전구 속 필라멘트처럼 가느다란 신경의 각성을 따라 당신은 눈
을 뜬다. 아직 졸음이 가시지 않은 얼굴로 불빛이 침침한 복도와
어두운 응급실 유리문 밖을 둘러본다. 썰물처럼 잠이 밀려나가며
고통의 윤곽이 뚜렷해지는 순간, 어떤 악몽보다 차가운 순간이 다
시 왔다. 당신이 겪은 모든 게 꿈이 아니라는 것을 확인하는 순간.

기억해달라고 윤은 말했다. 직면하고 증언해달라고 말했다.

그러나 그것이 어떻게 가능한가.

*삼십 센티 나무 자가 자궁 끝까지 수십번 후벼들어왔다고 증언
할 수 있는가? 소총 개머리판이 자궁 입구를 찢고 짓이겼다고 증*

언할 수 있는가? 하혈이 멈추지 않아 쇼크를 일으킨 당신을 그들이 통합병원에 데려가 수혈받게 했다고 증언할 수 있는가? 이년 동안 그 하혈이 계속되었다고, 혈전이 나팔관을 막아 영구히 아이를 가질 수 없게 되었다고 증언할 수 있는가? 타인과, 특히 남자와 접촉하는 일을 견딜 수 없게 됐다고 증언할 수 있는가? 짧은 입맞춤, 뺨을 어루만지는 손길, 여름에 팔과 종아리를 내놓아 누군가의 시선이 머무는 일조차 고통스러웠다고 증언할 수 있는가? 몸을 증오하게 되었다고, 모든 따뜻함과 지극한 사랑을 스스로 부숴뜨리며 도망쳤다고 증언할 수 있는가? 더 추운 곳, 더 안전한 곳으로. 오직 살아남기 위하여.

3:00

당신이 앉은 곳에서 일부만 보이는 응급실 내부는 여전히 대낮처럼 불이 밝혀져 있다. 어린아이인지 젊은 여자인지 구별할 수 없는 누군가의 신음 소리가 들린다. 보호자인 듯한 중년 남녀의 목소리가 높아진다. 다급한 발소리를 내며 뛰어가는 간호사의 옆모습이 보인다.

당신은 배낭을 메고 일어서서 현관 밖으로 걸어나간다. 시동이 꺼진 구급차 두대가 서늘한 불빛을 받으며 웅크리고 있는 것을 본다. 더이상 바람이 미지근하지 않다. 이제야 열기가 식은 것이다.

인적이 끊긴 아스팔트 도로를 따라 잠시 내려가다가, 당신은 출입이 금지된 잔디밭으로 들어선다. 잔디밭을 대각선으로 가로질러 병동 본관을 향해 걷는다. 양말목이 짧아, 웃자란 축축한 풀들이 당신의 발목을 적신다. 비가 내리기 직전의 진한 흙냄새를 당신은 들이마신다. 잔디밭 가운데 현수막을 덮고 나란히 누워 있었다는 여자애들의 얼굴을 문득 떠올린다. 부스스한 얼굴로 현수막을 걷고 일어나 잔디밭을 걸어나오는 여자애들의 가벼운 걸음걸이를 떠올린다. 목이 마르다. 한시간 전에 양치질을 했는데도 혀 뒤쪽이 쓰다. 캄캄한 잔디 아래 연달아 밟히는 게 흙이 아니라 잘게 부서진 유리 조각들 같다.

3:20

그 밤 이후로는 젖은 수건을 문고리에 걸어두지 않았어.

하지만 그 겨울이 갈 때까지, 더이상 물수건이 필요 없는 봄이 된 뒤에도 그 소리가 문 쪽에서 들렸어.

아직도 이따금, 용케 악몽 없이 잠에서 깨어나려는 순간이면 그 소리가 들려.

그때마다 난 어둠을 향해 떨리는 눈꺼풀을 열어.

누구야.

누가 오는 거야.

누가 이렇게 가벼운 걸음으로 걸어오는 거야.

3:30

모든 건물의 셔터가 내려져 있었다.

모든 창문이 걸어잠겨 있었다.

그 어두운 거리 위로, 얼음의 눈동자 같은 열이레 달이 당신이 탄 소형 트럭을 내려다보고 있었다.

대부분의 방송은 여대생들이 했다. 그녀들이 완전히 지쳤을 때, 목이 갈라져 더이상 소리를 낼 수 없다고 말했을 때 당신은 사십여분 동안 메가폰을 잡았다. 불을 켜주세요, 여러분. 당신은 그렇게 말했다. 캄캄한 창문들을 향해, 누구의 기척도 느껴지지 않는 골목을 향해 말했다. 제발 불이라도 켜주세요, 여러분.

군이 그 트럭을 새벽까지 내버려둔 것은 병력의 이동 경로를 노출하지 않기 위해서였다는 것을 당신은 나중에 알았다. 동트기 직전에 체포된 뒤 여자들은 광산경찰서 유치장으로, 운전을 맡았던 청년은 상무대로 끌려갔다. 총기를 소지하고 있었으므로 당신은 여대생들과 따로 수감되었고 보안부대로 이송되었다.

그곳에서 당신은 이름 대신 빨갱이년으로 불렸다. 과거 여공이었고 노조 활동을 했기 때문이었다. 사년 동안 지방 도시의 양장점에서 숨어지내며 간첩 지령을 받아왔다는 각본을 완성하기 위해 그들은 날마다 당신을 조사실 탁자에 눕혔다. 더러운 빨갱이년. 아무리 소리 질러봐라, 누가 달려오나. 조사실의 조명은 가늘게 떨리는 형광등이었다. 일상적인 그 환한 조명 아래, 당신이 하혈 끝에 의식을 잃을 때까지 그들은 멈추지 않았다.

　성희 언니를 다시 만난 것은 교도소에서 석방된 이듬해였다. 산업선교회와 크리스찬 아카데미에 그녀의 행방을 수소문해 구로동의 국숫집에서 만났다. 당신의 이야기를 들은 그녀는 놀란 듯 고개를 저었다.

　네가 감옥에 있었던 줄은 꿈에도 몰랐어. 조용히 잘 살고 있을 줄 알았는데.

　수년 동안 도피와 수감을 반복해온 성희 언니의 얼굴은 볼이 움푹 패어 다른 사람처럼 보였다. 이제 스물일곱인데, 나이보다 열살은 더 들어 보였다. 흰 김을 피워올리며 식어가는 국수 앞에서 그녀는 잠시 침묵했다.

　정미가 그 봄에 실종됐다는데, 알고 있었니?

　이번에는 당신이 고개를 저었다.

　그애가 잠깐 노조 일을 거들었더랬어. 그런데 우리가 블랙리스트 때문에 고생하는 걸 보고 걱정이 됐던지, 해고되기 전에 먼저 공장을 그만뒀어. 그러곤 소식이 끊겼다가…… 그 애긴 나도 최근에 들었어. 일신방직에서 같이 야학엘 다녔다는 동료한테서.

모국어를 이해할 수 없게 된 것처럼 당신은 가만히 성희 언니의 입 모양을 지켜보았다.

너, 거기 사년 살았다면서. 큰 도시도 아닌데, 오며 가며 한번도 못 만났니.

당신은 얼른 대답할 수 없었다. 그애의 얼굴을 제대로 기억할 수도 없었다. 무엇인가를 애써 기억해내기에 당신은 지쳐 있었다. 몇 조각의 희끗한 파편들이 떠올랐다 사라졌다. 흰 피부. 오종종한 앞니. *의사가 되고 싶어요.* 노조 사무실까지 그애가 끌어안고 올라갔다던, 이제는 이름을 잊은 동료가 병원에 가져다준 당신의 운동화. 그게 다였다.

4:00

죽기 위해 그 도시에 다시 갔어.

석방된 뒤 얼마간은 오빠 집에 신세를 졌지만, 일주일에 두번씩 경찰이 찾아오는 걸 더 견딜 수 없었어.

이월 초순 새벽이었어. 내가 가진 가장 깨끗한 옷을 꺼내 입고, 간단히 가방을 싸서 시외버스를 탔어.

언뜻 그 도시는 변한 게 없어 보였어. 하지만 모든 게 변했다는 걸

곧 느낄 수 있었어. 도청 별관 외벽엔 총탄 자국들이 패어 있었어. 어두운색 옷을 껴입은 행인들의 얼굴은 투명한 흉터가 새겨진 것처럼 일그러져 있었어. 그들과 어깨를 부딪치며 나는 걸었어. 배가 고프지 않았어. 목이 마르지도, 발이 시리지도 않았어. 날이 저물 때까지, 다음 날 새벽이 올 때까지도 계속 걸을 수 있을 것 같았어.

그러다 너를 본 건 금남로에서였어.

가톨릭센터 외벽에 방금 학생들이 붙여놓고 간 사진들을 들여다봤을 때였어.

언제든 경찰들이 나타날 수 있었어. 그 순간도 어디서 날 지켜보고 있는지도 몰랐어. 나는 재빨리 사진 한장을 뜯었어. 둘둘 말아서 쥐고 걸었어. 큰길을 건너 골목으로 깊이 들어갔어. 못 보던 음악감상실 간판이 보였어. 오층 계단을 숨차게 걸어올라가, 동굴 같은 안쪽 방에 자리를 잡고 커피를 시켰어. 종업원이 커피를 가져다줄 때까지 꼼짝 않고 기다렸어. 분명 음악 소리가 큰 곳이었을 텐데, 깊은 물속에 잠긴 것처럼 아무것도 들리지 않았어. 마침내 완전히 혼자가 됐을 때 사진을 펼쳤어.

너는 도청 안마당에 모로 누워 있었어. 총격의 반동으로 팔다리가 엇갈려 길게 뻗어가 있었어. 얼굴과 가슴은 하늘을, 두 다리는 벌어진 채 땅을 향하고 있었어. 옆구리가 뒤틀린 그 자세가 마지막 순간의 고통을 증거하고 있었어.

숨을 쉴 수 없었어.

어떤 소리도 낼 수 없었어.

그러니까 그 여름에 넌 죽어 있었어. 내 몸이 끝없이 피를 쏟아 낼 때, 네 몸은 땅속에서 맹렬하게 썩어가고 있었어.

그 순간 네가 날 살렸어. 삽시간에 내 피를 끓게 해 펄펄 되살게 했어. 심장이 터질 것 같은 고통의 힘, 분노의 힘으로.

4:20

병동 본관 옆 주차장 입구에 불 켜진 경비실이 있다. 밤색 회전 의자 등받이에 뒤통수를 얹고 입을 벌린 채 잠들어 있는 경비의 늙은 얼굴을 당신은 본다. 경비실 처마에는 침침한 백열등이 매달려 있다. 불빛이 비추는 시멘트 바닥에 죽은 날벌레들이 널려 있다. 곧 동이 틀 것이다. 차츰 밝아져 팔월의 뙤약볕이 이글거릴 것이다. 생명을 가졌다 잃은 모든 것들이 빠르게 썩어갈 것이다. 쓰레기를 내놓은 골목들마다 악취가 번질 것이다.

오래전 동호와 은숙이 조그만 소리로 나누던 대화를 당신은 기억한다. 왜 태극기로 시신을 감싸느냐고, 애국가는 왜 부르는 거냐고 동호는 물었다. 은숙이 어떻게 대답했는지는 기억나지 않는다.

지금이라면 당신은 어떻게 대답할까. *태극기로, 고작 그걸로 감싸보려던 거야. 우린 도륙된 고깃덩어리들이 아니어야 하니까, 필사적으로 묵념을 하고 애국가를 부른 거야.*

그 여름으로부터 이십여년이 흘렀다. *씨를 말려야 할 빨갱이 연*

놈들. 그들이 욕설을 뱉으며 당신의 몸에 물을 끼얹던 순간을 등지고 여기까지 왔다. 그 여름 이전으로 돌아갈 길은 끊어졌다. 학살 이전, 고문 이전의 세계로 돌아갈 방법은 없다.

4:30

그 발소리가 누구의 것인지 나는 몰라.

언제나 같은 사람인지, 그때마다 다른 사람인지도 몰라.

어쩌면 한사람씩 오는 게 아닌지도 몰라. 수많은 사람들이 희미하게 번지고 서로 스며들어서, 가볍디가벼운 한 몸이 돼서 오는 건지도 몰라.

4:40

다만 이따금 당신은 생각한다.

한낮, 유난히 고요한 휴일 오후 해가 드는 창을 보다가 문득 동호의 옆얼굴이 흐릿하게 떠오를 때, 눈앞에 어른거리는 그게 혼은 아닐까. 기억할 수 없는 꿈 때문에 뺨이 젖어 있는 새벽 그 얼굴의 윤곽이 별안간 선명해질 때, 혼이 머뭇거리며 거기 있는 것 아닐까. 만일 혼들의 장소가 있다면 그곳은 어두울까, 어렴풋이 밝을까. 동호는, 진수는, 당신의 손으로 수습했던 상무관의 사람들은 거기 모여 있을까, 제각기 흩어져 있을까.

스스로가 용감하지도, 강하지도 않다는 것을 당신은 알고 있다.

당신의 선택은 언제나 최악의 상황을 피하는 쪽이었다. 경찰의 발에 아랫배를 밟혔을 때 노조를 떠났다. 교도소에서 나온 뒤 성희 언니를 따라 얼마간 노동운동에 몸담았지만, 성희 언니와 달리 온건한 실무만을 맡았다. 그녀의 반대를 무릅쓰고 성격이 다른 단체로 옮겨왔고, 깊이 상처 입히는 길이란 것을 알면서 다시 그녀를 찾지 않았다. 지금 당신의 어깨를 짓누르는 배낭에 담긴 휴대용 녹음기와 테이프를, 결국 월요일 아침 우체국에 들러 윤에게 반송하고 말 것이다.

하지만 동시에 당신은 안다. 그해 봄과 같은 순간이 다시 닥쳐온다면 비슷한 선택을 하게 될지도 모른다는 것을. 초등학교 때 피구 시합에서, 날쌔게 피하기만 하다 결국 혼자 남으면 맞서서 공을 받아안아야 하는 순간이 왔던 것처럼. 버스에서 터져나오는 여자애들의 쨍쨍한 노래에 이끌려 광장으로, 총을 든 군대가 지키는 광장으로 걸었던 것처럼. 끝까지 남겠다고 가만히 손을 들었던 마지막 밤처럼. 희생자가 되어선 안돼,라고 성희 언니는 말했다. *우리들을 희생자라고 부르도록 놔둬선 안돼.* 눈을 뜬 달이 침묵하며 옥상의 여자애들을 내려다보던 봄밤이었다. 그때 입속에 복숭아 조각을 넣어준 사람이 누구였던가? 당신은 기억할 수 없다.

4:50

언니를 만나 하고 싶은 말이 뭔지 나는 몰라.
내가 언니에게 등을 돌리던 순간,
심장에 시멘트를 붓듯 언니에 대한 모든 것, 복잡하고 뜨겁고 너
덜너덜한 모든 걸 단번에 틀어막으려던 순간,
그 순간을 감쪽같이 건드리지 않고 언니를 만날 수 있을까.
그렇다 한들 무슨 말을 할 수 있을까.

병동을 등지고 당신은 걷는다. 어렴풋한 박명이 내리기 시작하는 잔디밭을 가로지른다. 두 손을 나란히 뒤로 돌려, 쇠처럼 어깨를 짓누르는 배낭을 받쳐든다. 어린애를 업은 것처럼. 포대기 아래 손을 받쳐 달래는 것처럼.

내 책임이 있는 거야, 그렇지?

입술을 악문 채, 눈앞에서 일렁이는 파르스름한 어둠을 향해 당신은 묻는다.

내가 집으로 가라고 했다면, 김밥을 나눠 먹고 일어서면서 그렇게 당부했다면 너는 남지 않았을 거야, 그렇지?

176

그래서 나에게 오곤 하는 거야?

왜 아직 내가 살아 있는지 물으려고.

예리한 것으로 거푸 그어 붉은 선이 그어진 것 같은 눈으로 당신
은 걷는다. 응급실의 불빛을 향해 빠르게 나아간다.

5:00

아니,

언니를 만나 할 말은 하나뿐이야.

허락된다면.

부디 허락된다면.

장례식장과 응급실로, 병동과 병원 정문으로 갈라지는 도로를
밝히던 외등들이 일제히 꺼진다. 도로 가운데 그어진 흰색의 직선
을 따라 당신은 얼굴을 들고 걷는다. 선득한 빗방울이 당신의 정수
리에, 당신의 운동화가 내딛는 아스팔트에 떨어져 번진다.

죽지 마.

죽지 말아요.

6장
꽃 핀 쪽으로

그 머시매를 따라갔다이.

머시매 걸음은 빠르고 나는 늙었는디, 아무리 걸어도 따라잡을
수 있어야제. 조금만 옆으로 고개를 돌려주면 옆얼굴이 보일 것인
디, 아무 데도 안 둘러보고 앞으로, 앞으로만 가야.

요새 어느 중학생이 그리 짧게 머리를 깎겠냐이. 동그스름한 네
두상을 내가 아는디, 분명히 너였다이. 느이 작은형이 물려준 교복
이 너한테는 너무 컸다가 3학년 올라감스로야 겨우 몸에 맞았제.
아침에 네가 책가방 들고 대문을 나서면, 한없이 뒷모습을 보고 섰
고잖게 옷 태가 났제. 그란디 그 머시매는 책가방은 어디다 놓고
빈손으로 홀홀 걸어가더라이. 하얀 하복 반소매 아래 호리호리한
팔뚝이 영락없이 너였단게. 좁은 어깨하고 길쭉한 허리하고 걸음

걸이가, 고라니같이 앞으로 수그러진 목이 꼭 너였단게.

네가 나한테 한번 와준 것인디, 지나가는 모습이라도 한번 보여줄라고 온 것인디, 늙은 내가 너를 놓쳐버렸어야. 시장통 좌판 사이로, 골목골목으로 한시간을 뒤지고 댕겨도 없어야. 무릎 속이 쑤시고 어쩔어쩔 골이 흔들려 바닥에 주저앉았다이. 허지만 동네 사람이라도 만나면 큰일인게, 아직 어지러워도 땅을 짚고 일어섰다이.

시장통까지 널 따라갈 적엔 먼 길인 줄도 몰랐는디, 돌아오는 길엔 바짝바짝 목이 타드라이. 동전 하나 주머니에 안 담고 나와서, 아무 가게라도 들어가 찬물 한잔 얻어묵고 자팠다이. 그래도 누가 비렁뱅이 노인네라고 욕할까 무서운게, 벽이 나올 때마다 손으로 짚음스로 싸묵싸묵 걸어왔다이. 어지럽게 먼지 날리는 공사판 옆을, 입을 꽉 막고 기침함스로 지나왔다이. 갈 적에는 어째서 몰랐으까이. 그렇게 시끄러운 공사판이 있었던 것을. 그렇게 무참하게 길바닥을 뚫어쌓고 있었던 것을.

*

지난여름 큰비에 우리 집 앞 골목이 움푹 파여버렸어야. 지나댕기는 애기들 발이 자꾸 빠지고, 유모차 바퀴도 들어가면 안 나온게 영 위험하더라마는. 결국 시에서 나온 사람들이 새로 아스팔트를 깔았다이. 구월 초순 아직 더운 날에 고생하더라야. 펄펄 끓는 아스팔트를 수레에다 실어와서 들이붓고, 평평하게 고르고 다지고.

일꾼들이 사라진 저녁에 내가 한번 나가봤다이. 못 들어가게 줄을 쳐놨길래, 가장자리로만 가만가만 걸어봤다이. 따땃하더라야. 발목으로, 종아리로, 시큰시큰한 무릎 속으로 따땃한 것이 한없이 들어오더라야. 다음 날 아침엔 아스팔트가 말랐는가 줄을 걷어갔길래, 살살 그 위로도 걸어봤다이. 가장자리로 걸을 때보다 더 따땃하더라야. 그래서 점심에도, 저녁에도, 그다음 날 아침에도 그 위를 걸었다이. 서울서 다니러 온 느이 큰형수가 놀람스로 묻더라이.

어머니, 가만히 있어도 더운데 왜 아스팔트 위를 걸어다니세요.

몸이 추와서 글제. 여그가 얼마나 따땃한지 아냐. 삭신이 따땃해야.

어머니, 요즘 조금 이상하시네.

몇해 전부터 틈만 나면 같이 살자고 해쌓는 느이 큰형이 고개를 흔들더라이.

어딘가 달라지셨어.

꼬박 사흘 그렇게 열기가 남았었는디 결국 아스팔트가 식어버렸다이. 섭섭할 일도 아닌디 섭섭했어야. 아까 점심 먹고도 한참 그 위에 서서 기다렸다이. 식어버렸다 해도 거그가 조금은 더 따땃한게. 그라고 지켜서 있다보면 지난번같이 네가 홀홀 지나갈지도 모른게.

알 수 없다이, 그날은 왜 내가 이름 한자리 못 불러봤는지. 입술이 달라붙은 사람맨이로, 쌕쌕 숨만 몰아쉼스로 뒤를 밟았는지. 이번에 내가 이름을 부르면 얼른 돌아봐라이. 대답 한자리 안해도 좋은게, 가만히 돌아봐라이.

아니제.

그럴 수 없는 것을 내가 알제.

내 손으로 너를 묻었은게. 하늘색 체육복에다 교련복 윗도리를 입고 있던 너를, 하얀 하복 샤쓰에다 아래위 까만 동복으로 갈아입혔은게. 혁대도 단정하게 매주고 깨끗한 회색 양말을 신겼은게. 베니어판으로 짠 관에다 너를 넣고 청소차에 싣고 갈 적에, 너를 지킬라고 내가 앞자리에 탔은게. 청소차가 어디로 가는 줄도 모르고, 네가 있는 뒤쪽만 뚫어져라고 지켜보고 있었은게.

환한 모래언덕에 까만 옷 입은 사람 수백명이 개미같이 관을 들고 걸어가던 것이 생각난다이. 느이 형들이 입술을 꽉 물고서 울고 섰던 것도 아슴아슴 떠오른다이. 느이 아부지 생전에 나헌테 하던 말이, 그때 내가 울지도 않고 뗏장 옆에 풀을 한움큼 끊어서 삼켰다든디. 삼키고는 쪼그려앉아서 토하고, 다 토하면 또 풀을 한움큼 끊어다 씹었다든디. 근디 나는 하나도 기억 안 나야. 묘지로 가기 전 일들만 또렷해야. 관 뚜껑 닫기 전 마지막으로 봤던 네 얼굴이 얼마나 핼쑥했던지. 네 살이 그렇게 희었던 줄 그때 처음 알았다이.

나중에 느이 작은형이 그르드마는. 총을 맞고 피를 너무 흘려서 네 얼굴이 그리 희었다고. 그래서 관이 가벼웠다고. 네가 아무리 덜 컸다고 해도, 그렇게 관이 가벼울 수는 없었다고. 그람스로 두 눈에

핏발이 서드라이. 이 원수는 내가 갚을랍니다. 그것이 뭔 소리다냐, 깜짝 놀라서 내가 그랬다이. 나라에서 죽인 동생 원수를 무슨 수로 갚는다냐. 너까장 잘못되면 나도 따라 죽을 거이다.

그라고 삼십년이 흘러가도록, 너하고 느이 아부지 기일에 그 자석이 가만히 서서 입 다물고 있는 것을 보면 마음이 이상해야. 네가 죽은 것이 저 때문이 아닌디, 왜 친구들 중에 제일 먼저 어깨가 굽고 머리가 하얗게 세었을까이. 저것이 아직도 원수 갚을 생각을 하고 있단가, 생각하면 가슴이 내려앉아야.

*

그래도 느이 큰형은 흔적 없이 밝게 지낸다이. 한달에 두번 각시하고 같이 내려오고, 혼자도 몰래 당일로 내려와서 밥도 사주고 용돈도 주고, 가까이 사는 네 작은형보다 다정하다이.

느이 아부지나 큰형이나 너나, 허리가 길고 어깨가 수긋한 내력이지야. 기름한 눈매하고 앞니 살짝 벌어진 것은 너하고 큰형이 똑같았지야. 요새도 느이 큰형이 웃음스로 토끼같이 넓적한 앞니가 드러나면, 눈가에 주름은 깊이 패었어도 청년같이 순진해 보인다이.

느이 큰형이 열한살 묵었을 때 네가 태어났는디. 그 자석은 그때부터 가이내 같은 머시매라서, 애기가 보고 잪다고 학교만 끝나면 달려왔는디. 네가 웃는 것이 이쁘다고, 조심조심 목을 받쳐안고는 까르르 웃을 때까지 흔들었는디. 돌 지난 너를 포대기로 등에 업혀

182

주먼, 경중경중 마당을 돎스로 박자도 안 맞는 노래를 불렀는디.

그렇게 가이내 같은 자석이 느이 작은형하고 싸울 줄을 누가 알았겠냐이. 이십년도 넘게 지금까장도 서로 서먹서먹해갖고 긴 이야기를 안 나누게 될 줄을.

느이 아부지 상 치르고 돌아와 삼우제 준비할 적이었다이. 갑자기 뭣이 깨지는 소리가 나서 달려가봤더니, 스물일곱살, 서른두살 먹은 다 큰 머시매들이 씨근거림스로 서로 멱살을 쥐고 있어야.

그 쪼그만 것 손 잡아서 끌고 오면 되지, 몇날 며칠 거기 있도록 너는 뭘 하고 있었냐고! 마지막 날엔 왜 어머니만 갔냐고! 말해봤자 안 들을 것 같았다니, 거기 있으면 죽을 걸 알았담서, 다 알고 있었담서 네가 어떻게!

그란게 느이 작은형이 으어어어, 말도 아니고 뭣도 아닌 소리를 지름스로 지 형한테 달라들더니 방바닥에 넘어뜨렸다이. 짐승맨이로 울부짖음서 말을 한게, 무슨 이야긴지 뜨문뜨문하게밖에 안 들렸다이.

형이 뭘 안다고…… 서울에 있었음스로…… 형이 뭘 안다고…… 그때 상황을 뭘 안다고오.

둘이 그 꼴로 엎치락뒤치락하는 것을 말릴 생각도 못하고 나는 부엌으로 돌아왔다이. 아무 생각도 하고 싶지 않은게, 아무 소리도 안 들리는 것맨이로 전을 부치고 산적을 꿰고 탕을 끓였다이.

인자는 암것도 모르겠어야.

마지막 날에 내가 너를 찾아갔을 적에, 네가 그리 순하게 저녁에 들어갈라요, 말하지 않았더라면 어땠으까이. 나는 안심을 하고 집에 가서 느이 아부지한테 그랬어야.

여섯시에 문 잠그고 집에 온다요. 다 같이 저녁 묵자고 약속했소.

그란디 일곱시가 되도록 네가 안 들어온게, 느이 작은형하고 나하고 둘이서 집을 나섰다이. 계엄이라 일곱시가 통금인디, 그날 저녁 군대가 들어온다 한게 귀신 그림자도 안 보이더라이. 꼬박 사십분을 걸어서 가본게 상무관에는 불이 꺼지고 아무도 없어야. 도청 앞으로 간게 총 든 시민군들이 지키고 섰드라마는. 우리 막내아들을 만나봐야겠다고 사정한게, 어리디어린 그 시민군들은 파랗게 얼굴이 굳어갖고 안된다고, 아무도 들여보내면 안된다고 딱 잘라 말하더라이. 금방 계엄군이 탱크를 몰고 들어온다고, 위험한게 얼른 집으로 가라고만 하더라이.

제발 들어가게 해주소, 하고 나는 빌었어야.

우리 막내 불러라도 주소. 잠깐만 나와보라고 해주소.

보다 못한 느이 작은형이 직접 들어가서 동생을 찾겠다고 한게 시민군 하나가 그러더라이.

지금 들어가면 못 나옵니다. 저 안에는 죽을 각오가 된 사람들만 남았습니다.

느이 작은형이 알겠다고, 일단 들어가게만 해달라고 언성을 높일 적에 내가 말을 막았다이.

그 아그가 기회를 봐서 제 발로 나올라는 것이여…… 분명히 나한테 약속을 했단게.

사방이 너무 캄캄해서 내가 그렇게 말을 했다이. 금방이라도 어둠속에서 군인들이 나타날 것 같아서 그렇게 말을 했다이. 이라다가 남은 아들까장 잃어버릴 것 같아서 그렇게 말을 했다이.

그렇게 너를 영영 잃어버렸다이.

내 손으로 느이 작은형 팔을 끌고, 내 발로 돌아서서 집으로 갔다이. 모두 다 죽어버린 것맨이로 캄캄한 거리를, 사십분을 둘이 울면서 걸어 돌아갔다이.

인자 나는 암것도 알 수 없어야. 겁이 나서 얼굴이 파랗게 굳어 있던 시민군들, 어리디어리던 그 자석들도 죽었으까이. 그리 허망하게 죽을 것을, 왜 끝까장 나를 안 들여보내줬으까이.

*

느이 형들이 왔다 가먼 마음이 더 허전한게, 마루에 나와서 해를 쬠스로 하루를 보낸다이. 담 너머 남쪽으로 채석장이 붙어 있을 적엔 시끄럽긴 했어도 볕이 잘 들었는디, 삼층 건물이 들어선게 열한시는 되아야 해가 바짝 들어야.

이 집을 사기 전에는 그 채석장 뒤쪽 골목에서 오래 살았제. 바람도 잘 안 통하는 손바닥만 한 슬레이트 집이라서, 채석장 일꾼들이 안 나오는 일요일을 느이 형제들은 좋아했제. 커다란 돌 사이로 뛰어댕김스로 숨바꼭질도 하고 술래잡기도 했제. 무궁화꽃이 피었습니다, 채석장 끝에서 소리 지르면 마당까지 들렸제. 그렇게 시끄럽던 머시매들이, 머리가 굵어짐스로 언제 그랬는가 싶게 조용해지더라이.

느이 큰형이 서울 살러 갈 적에사 형편이 나아져서 이 집으로 옮겨왔제. 평상 하나 놓으면 꽉 차는 마당이 속 답답했었는디, 장미 넝쿨 우거진 화단까장 있는 집을 얻은 것이 얼매나 좋았던지. 느이 작은형 공부하라고 너하고 따로 방 한칸씩을 주고, 사글세라도 벌어 살림에 보태제 싶어 문간채에다 사람을 들였제. 뒷일이 그렇게 될 줄을 누가 알았겄냐. 콩알맨이로 자그마한 그 남매가 들어온게, 위에 형제들하고 나이가 뚝 떨어진 너한테 친구가 생긴 것이 보기 좋았다이. 둘이 교복 입고 나란히 학교 가는 것이 든든했다이. 노는 날에 마당에서 배드민턴을 칠 적에, 채석장으로 공이 넘어가면 서로 줏어오라고 가위바위보를 함스로 웃어쌓던 소리가 듣기 좋았다이.

그 남매는 어디로 사라졌으까이.

그 집 아부지가 내려와갖고 실성한 사람맨이로 쏘댕길 적에, 내 처지가 기가 막힌게 위로 한자리 제대로 못해줬어야. 그 사람은 하던 일을 작파허고 문간채 방에서 일년을 지냄스로 미친 사람맨이로 관청을 드나들었다이. 암매장 장소가 발견됐다고만 하면, 어디 저수지에서 시체가 떠올랐다고만 하면 새벽이고 밤이고 달려갔다이.

어딘가 살아 있을 것이요, 분명히 살아서 둘이 같이 있을 것이요.

곤죽이 되도록 술을 먹고 부엌에 들어와 정신 나간 것맨이로 중얼거리던 모습이 눈에 선하다이. 얼굴이 조막만 하고 코가 번번한 사람이었는디. 그 일이 있기 전엔 아들허고 똑같이 눈에 장난기가 반짝거렸는디.

아마 그 사람은 오래 못 산 것 같아야. 신묘역으로 이장헐 적에 실종자들도 가묘를 썼는디, 느이 작은형이 일부러 댕김서 찾아봤는디 그 집 남매 이름은 없었다고 한게. 그 사람이 살았더라면 왜 가묘를 쓰러 안 왔겄냐이.

가끔은 말이다이, 내가 뭣한다고 문간채에다 사람을 들였을까…… 생각한다이. 그까짓 사글세 몇푼 받었다고…… 정대가 이 집으로 안 들어왔으면 네가 정대 찾는다고 그리 애를 쓰지 않았을 것인디…… 그라다가 느이 둘이 배드민턴 침스로 웃던 소리가 생각나면, 죄 받제…… 죄 받아, 그람스로 고개를 흔들어야. 그라제, 내가 그 불쌍한 남매를 원망하면 큰 죄를 받제.

메칠 전에는 해 질 녘에 까무룩이 그 집 처녀 얼굴이 떠오르더라이. 참 고왔는디…… 고운 사람이 없어져버렸어야, 생각함스로 어둑어둑한 마당을 보고 있었다이. 그 고운 처녀가 우리 집에 들어와서 빨래 바구니를 보듬고, 물이 뚝뚝 떨어지는 운동화하고 칫솔을 들고 저 마당을 왔다 갔다 하던 일이 무신 전생의 꿈 같아야.

*

목숨이 쇠심줄 같아서 너를 잃고도 밥이 먹어졌제. 정대네 아부지까지 떠나 괴괴한 문간채는 밖에서 자물쇠로 채워버리고, 꾸역꾸역 가게에 나가 장사를 했제.

이름만 걸어놓고 얼굴도 한번 안 비쳤던 유족회에 처음 나간 것은, 부회장이란 엄마가 돌린 전화를 받고서였다이. 그 군인 대통령이 온다고, 그 살인자가 여기로 온다고 해서…… 네 피가 아직 안 말랐는디.

안 그래도 잠을 깊이 못 들고 뒤척이는 날들뿐이었지마는, 그날부터 새로 잠을 못 잤다이. 네 아부지도 잠을 못 자드라마는, 평생 병치레만 하는 순한 양반이라 억지로 떼어놓고 혼자 유족회에 갔다이. 처음 보는 엄마들허고 인사를 허고, 쌀집을 하는 회장네에서 밤늦도록 현수막하고 피켓을 만들고, 모자란 것은 각자 집에 가서 더 만들어오기로 하고 헤어졌다이. 헤어질 적에 손을 잡는디, 그 차갑든 살…… 암것도 속에 없는 허재비 같은 손을 맞잡고, 허재비 같은 등을 서로 문지름스로 얼굴을 들여다봤다이. 얼굴 속에도 암것도 없고, 눈 속에도 암것도 없는 우리들이 내일 보자는 인사를 했다이.

무섭지 않았어야.

죽어도 좋다는 마음인디, 무서울 것이 어디 있었냐. 다 같이 소복을 입고 그 살인자가 탄 승용차가 오기를 기다렸다이. 정말로 아침 일찍 그놈이 나타났다이. 소리를 맞춰서 구호를 외칠라던 계획은 엉망이 됐다이. 다들 울부짖고 졸도하고, 머리는 헝클어지고 소복은 찢어졌다이. 현수막은 펼쳤다가 바로 뺏겼다이. 경찰서에 다 같이 끌려가 넋을 잃고 앉아 있는디, 우리하고 다른 곳에서 시위하기로 했던 부상자회 청년들이 잡혀들어왔다이. 시무룩이 줄을 서서 들어오다가 우리하고 눈이 마주쳤는디, 한 청년이 갑자기 울면서 소리쳤다이.

엄마들, 여기서 왜 이러고 있소? 엄마들이 무슨 죄를 지었소?

그 순간 내 머릿속이 멍해졌어야. 하얗게, 온 세상이 하얗게 보였어야. 찢어진 소복 치마를 걷고 탁자 위로 올라갔다이. 더듬더듬 조그만 소리로 중얼거렸어야.

맞어, 내가 무슨 죄를 지었단가.

날개가 달린 것같이 형사들 책상 위를 경중경중 건너갔다이. 벽에 걸린 살인자 사진을 끌어내렸다이. 밟아 부순게 발에 유리가 박혔다이. 눈물이 흐르는지도 피가 튀는지도 몰랐다이.

발에서 피가 솟은게 형사들이 나를 병원으로 싣고 가더라야. 느이 아부지가 연락받고 응급실로 왔어야. 의사하고 간호사가 내 발바닥을 갈라서 유리 조각을 뽑고 붕대를 감는디 내가 느이 아부지한테 부탁했다이. 집에 좀 댕겨오소. 어젯밤에 만들어놓고 안 가져온 현수막 하나가 농 속에 있소.

그날 해 질 녘에 느이 아부지 어깨를 짚고 절름절름 옥상에 올라갔다이. 난간에 기대서서 현수막을 길게 내리고 소리 질렀다이. 내 아들을 살려내라아. 살인마 전두환을 찢어죽이자아. 정수리까지 피가 뜨거워지게 소리 질렀다이. 경찰들이 비상계단으로 올라올 때까지, 나를 들쳐메고서 입원실 침대에 던져놓을 때까지 그렇게 소리 질렀다이.

다음에도, 그다음에도 그렇게 만나 싸웠다이. 헤어질 적마다 엄마들끼리 서로 손을 잡고 어깨를 쓸고, 눈을 들여다봄스로 다시 보자고 약속을 했다이. 없는 살림에 추렴을 해서 전세 버스를 맞추고 서울 집회에도 올라갔다이. 한번은 모진 놈들이 우리 버스 안에 사과탄을 던져넣어서 한 엄마가 숨을 못 쉬고 쓰러졌어야. 모두 다 잡혀 전경차에 실려갔을 적에, 그놈들은 한적한 국도변에 한사람 떨어뜨려놓고, 한참 가다 또 한사람 떨어뜨려놓고…… 그렇게 우리를 다 흩어놨어야. 나는 지리도 모르는 갓길을 따라 걷고 또 걸었다이. 다시 우리들이 모여서 서로 등을 문지를 때까지. 추위에 퍼레진 입술들을 들여다볼 때까지.

그렇게 끝까지 같이하기로 했는디, 이듬해 느이 아부지가 병을 얻어 약속을 못 지켰어야. 겨울에 임종할 때엔 야속했다이. 이 지옥에 나만 남겨놓고 가는 것이.

허지만 죽은 다음의 세상을 나는 모른게. 거그서도 만나고 헤어지는지, 얼굴이 있고 목소리가 있는지, 반갑고 서러운 마음이 있는지 모른게. 느이 아부지 잃은 것을 가엾어해야 하는지, 부러워해야 하는지 어떻게 내가 알았겄냐.

그저 겨울이 지나간게 봄이 오드마는. 봄이 오먼 늘 그랬드키 나는 다시 미치고, 여름이면 지쳐서 시름시름 앓다가 가을에 겨우 숨을 쉬었다이. 그러다 겨울에는 삭신이 얼었다이. 아무리 무더운 여름이 다시 와도 땀이 안 나도록, 뼛속까지 심장까지 차가워졌다이.

*

어쩌끄나, 내가 서른살에 막둥이 너를 낳았는디. 나는 타고나기를 왼쪽 젖꼭지 모양이 이상해서, 느이 형들은 잘 나오는 오른쪽 젖만 빨았는디. 내 왼쪽 젖은 퉁퉁 붓기만 하고 애기들이 빨지 않아서, 보드라운 오른쪽 젖하고 딴판으로 단단해져버렸는디. 그렇게 흉한 짝젖으로 여러해를 살었는디. 허지만 너는 달랐는디. 왼쪽 젖을 물리면 물리는 대로, 이상하게 생긴 젖꼭지를 순하디순하게 빨아주었는디. 그래서 두 젖이 똑같이 보드랍게 늘어졌는디.

어쩌끄나, 젖먹이 적에 너는 유난히 방긋 웃기를 잘했는디. 향긋한 노란 똥을 베 기저귀에 누었는디. 어린 짐승같이 네발로 기어댕기고 아무거나 입속에 집어넣었는디. 그러다 열이 나면 얼굴이 푸레지고, 경기를 함스로 시큼한 젖을 내 가슴에다 토했는디. 어쩌끄나, 젖을 뗄 적에 너는 손톱이 종이맨이로 얇아질 때까지 엄지손가락을 빨았는디. 온나, 이리 온나, 손뼉 치는 내 앞으로 한발 두발 걸음마를 떼었는디. 웃음을 물고 일곱걸음을 걸어 나헌테 안겼는디.

여덟살 묵었을 때 네가 그랬는디. 난 여름은 싫지만 여름밤이 좋아. 암것도 아닌 그 말이 듣기 좋아서 나는 네가 시인이 될라는가, 속으로 생각했는디. 여름밤 마당 평상에서 느이 아부지하고 삼형제하고 같이 수박을 먹을 적에. 입가에 묻은 끈끈하고 다디단 수박물을 네가 혀로 더듬어 핥을 적에.

　네 중학교 학생증에서 사진만 오려갖고 지갑 속에 넣어놨다이. 낮이나 밤이나 텅 빈 집이지마는 아무도 찾아올 일 없는 새벽에, 하얀 습자지로 여러번 접어 싸놓은 네 얼굴을 펼쳐본다이. 아무도 엿들을 사람이 없지마는 가만가만 부른다이. ……동호야.

　가을비가 지나가서 하늘이 유난히 말간 날엔 잠바 속주머니에 지갑을 넣고, 무릎을 짚음스로 절름절름 천변으로 내려간다이. 코스모스가 색색깔로 피어 있는 길, 동그랗게 똬리를 틀고 죽은 지렁이들에 쇠파리가 꾀는 길을 싸묵싸묵 걷는다이.

　네가 여섯살, 일곱살 묵었을 적에, 한시도 가만히 안 있을 적에, 느이 형들이 다 학교 가버리면 너는 심심해서 어쩔 줄을 몰랐제. 너하고 나하고 둘이서, 느이 아부지가 있는 가게까지 날마다 천변길로 걸어갔제. 나무 그늘이 햇빛을 가리는 것을 너는 싫어했제. 조그만 것이 힘도 시고 고집도 시어서, 힘껏 내 손목을 밝은 쪽으로 끌었제. 숱이 적고 가늘디가는 머리카락 속까장 땀이 나서 반짝반짝함스로. 아픈 것맨이로 쌕쌕 숨을 몰아쉼스로. 엄마, 저쪽으로 가아, 기왕이면 햇빛 있는 데로. 못 이기는 척 나는 한없이 네 손에 끌려 걸어갔제. 엄마아, 저기 밝은 데는 꽃도 많이 폈네. 왜 캄캄한 데로 가아, 저쪽으로 가, 꽃 핀 쪽으로.

에필로그
눈 덮인 램프

그 이야기를 들었을 때 나는 열살이었다.

누군가 나를 불러앉혀놓고 자초지종을 들려준 건 아니었다. 서울로 올라온 그해, 수유리 언덕배기 집에서 나는 아무 데나 틀어박혀 손에 잡히는 대로 책을 읽거나, 오빠나 남동생과 오후 내내 오목을 두거나, 엄마가 나에게만 시키는 일인 동시에 내가 제일 싫어했던 마늘 까기나 멸치 머리 떼기 같은 일을 했고, 그러는 사이 어른들이 주고받는 말들을 주워들었다.

오빠가 가르친 애였어요?

초가을의 어느 일요일 막내고모가 식탁머리에서 아버지에게 물었다.

담임을 한 건 아닌데, 작문을 해서 내라고 하면 곧잘 쓰던 애여서 기억이 나. 중흥동 집 팔고 삼각동으로 이사 가면서 복덕방에서 계약을 했는데, 내가 ㄷ중학교 선생이라고 하니까 집 사는 사람이 활짝 반가워하더라고. 자기 막내아들이 1학년이라고, 몇반 누구라고. 그 반 가서 출석 부르면서 봤더니 아는 얼굴이었어.

그뒤로 어떤 말들이 더 오갔는지는 기억나지 않는다. 다만 그들의 표정, 가장 끔찍한 이야기를 덮어두고 말을 이어가는 일의 어려움, 어색하게 이어지던 침묵을 기억한다. 아무리 말을 돌려도 어느새 처음의 오싹한 빈자리로 되돌아오는 대화에 나는 이상한 긴장을 느끼며 귀를 기울이고 있었다. 아버지가 가르치던 학생네가 중흥동 그 집을 샀다는 건 나도 전부터 알고 있었다. 그런데 왜 그들의 목소리는 점점 낮아지는가? 왜 그 학생의 이름을 말하기 직전에는 알 수 없는 망설임이 끼어드는가?

*

그 한옥 마당에는 키 작은 동백나무 한그루가 심긴 화단이 있었다. 더워지기 시작하면 거의 검은빛이 도는 붉은 장미 꽃송이들이 넝쿨에 실려 담을 타고 올랐다. 장미가 시들 때쯤이면 문간채 외벽을 타고 커다란 흰 접시꽃들이 어른 키만큼 자랐다. 연한 녹색 페인트를 칠한 철제 대문을 열고 나가면 호전이라고 불리던 건전지 공장의 기나긴 담장이 보였다. 그 집을 팔고 도시 변두리로 이사가던 날 아침, 오동나무 장롱 모서리를 솜씨 있게 담요로 감싼 뒤 노끈으로 동여매던 아버지와 막내삼촌의 팔놀림을 기억한다.

새로 이사한 삼각동은 꽤 깊은 시골이었다. 뒤꼍에 높다란 살구나무가 있던 집에서 이년 가까이 지내다 우리 가족은 서울로 올라왔다. 일찍 돌아가신 할아버지를 대신해 중학교 교사 봉급으로 손아래 형제들을 맡아 키웠던 아버지가, 막내고모까지 대학을 졸업시키면서 글쓰기에만 전념하기로 결심한 것이었다.

1980년 1월, 서울은 믿을 수 없을 만큼 추운 도시였다. 수유리 언덕배기 집으로 들어갈 때까지 임시로 석달간 연립주택에 살았는데, 벽이 합판 같은 재질이어서 바깥과 기온 차이가 크게 나지 않았다. 방 안에서도 입김이 하얗게 흩어졌다. 외투를 입고 솜이불을 둘러도 이가 딱딱 소리를 내며 부딪혔다.

그 겨울 내내 나는 중흥동 집을 생각했다. 밑동을 흔들면 노란 살구들이 탁구공처럼 쏟아지던 삼각동 집도 나쁘지 않았지만, 잠깐 살아서였는지 큰 애착이 없었다. 외할아버지가 외동딸을 위해 지어주셨다는, 태어나 아홉살까지 살았던 중흥동 옛집. 마루에서 부엌으로 건너가려면 지나야 하는 부엌머리 조그만 내 방. 여름이면 그 방바닥에 배를 대고 엎드려 숙제를 했다. 겨울 오후엔 장지문을 조금만 열고, 어쩐지 깨끗하게 느껴지는 햇볕이 고여 있는 마당을 내다보았다.

*

그들이 수유리 집에 온 것은 초여름 새벽이었다.

세시에서 네시 사이였다. 잠들어 있던 나를 엄마가 깨웠다. 일어나라. 불 켠다. 내가 일어날 틈도 없이 바로 형광등이 켜졌다. 눈을 비비며 나는 일어나 앉았다. 건장한 사내 둘이 방에 들어와 있었다. 놀라는 나에게 잠옷 바람의 엄마가 말했다. 복덕방 아저씨들이 왔어. 집을 보려고.

깨끗이 잠이 달아났다. 나는 엄마에게 바싹 다가가 사내들이 옷장을 열고, 책상 밑을 살피고, 손전등을 들고 다락으로 올라가는 것을 지켜보았다. 이렇게 캄캄한 새벽에 왜 복덕방 아저씨들이 찾아와 다락으로 올라갈까? 얼마 안 있어 다락에서 내려온 사내가 엄마에게 말했다. 이쪽으로 오시죠. 사내가 엄마를 부엌으로 데려가는 것을 나는 주춤주춤 따라갔다. *너희는 여기 있어.* 굳은 얼굴의 엄마가 입 모양으로 말했다. 뒤를 돌아보자 오빠와 어린 남동생이 속옷 바람으로 방에서 나와 멍한 얼굴로 서 있었다. 안방에서 아버지가 누군가와 우렁우렁 대화하는 소리가 들렸다. 부엌에 문 대신 달아놓은 레이스 커튼 사이로 엄마의 목소리가 들렸지만, 음성이 작아 한마디도 알아들을 수 없었다.

*

그해 추석에 친척들이 모였을 때 어른들은 목소리를 낮춰 대화했다. 마치 아이들이 감시자인 듯이. 우리 남매와 더 어린 사촌들이 못 듣도록 가만가만히.

당시 방위산업체에 다니던 막내삼촌과 아버지는 늦도록 안방에서 두런두런 대화했다.

새벽에 급습을 했어. 처음엔 강도가 든 줄 알았어. 부엌 쪽문하고 현관문을 동시에 부수고 들어왔어. 송 선배가 있을 거라고 확신을 했던 모양이야. 그런데 전날 오후에 내가 송 선배를 만났어. 출판사에 찾아가서 전집 인세 사십만원을 미리 달라고 사정해서, 명동에서 잠깐 만나 전해줬더란 말이다. ……네 형수하고 나를 분리심문하더라. 나중엔 나보고 같이 가자고 하는데, 같이 가면 남산 아니냐. 작년부터 사이가 멀어졌다고 거짓말을 했다.

전화 도청되는 것 같으니까 조심하세요. 요즘 형님네 전화기에서 바람 소리 같은 게 나던데요, 그게 도청되는 잡음이랍니다. 제 친구 영준이도 도망 다닙니다. 재작년에 보안부대에 끌려가 열 손톱을 다 뽑혔잖아요. 이번에 잡히면 살아남지 못할 겁니다.

부엌에서는 작은엄마들이 엄마와 함께 음식을 만들며 속삭이듯 이야기를 나눴다.

유방을 칼로 갈랐다요.

시상에……

뱃속에서 애기를 끄집어냈단 말도 있어라.

시상에 뭔 일이단가……

형님네 살던 집주인이 문간채를 사글셋방으로 내놨는디, 주인집 아들하고 동갑 먹은 애기가 그 방에 살았다요. ㄷ중학교에서만 셋이 죽고 둘이 실종됐는디, 그 집에서만 애들 둘이……

시상에……라고 여태 가느다란 탄식처럼 추임새를 넣던 엄마가
고개를 수그리고 침묵했다. 잠시 뒤 목소리를 낮춰 말하기 시작했다.

재작년에 희영 아가씨하고 선봤던 사람 말이여. 왜, ㄱ중학교 수
학 선생 있었잖은가. 사람 괜찮았는디 우리하고는 인연이 안됐제.
그 사람 아내가 이번에 잘못되었다네. 만삭이었다든디, 집 앞에서
남편 기다리다가.

대전에서 온 둘째 작은엄마는 시상에……라는 추임새를 넣지
않았다. 소 같은 눈을 묵묵히 깜박이며 다음 말을 기다렸다. 엄마가
차마 말을 잇지 못하는 사이 광주 작은엄마가 이야기를 받았다. 나
도 그 얘기 들었어라. 그것이 그 사람이었소?

애기 엄마는 총을 맞고 이미 죽어버렸는디, 뱃속에서 애기는 살
아갖고 몇분을……

희영이 고모가 그 수학 선생님과 결혼했다면, 하고 그 순간 나는
생각했다. 성립되지 않는 나의 어린 상상 속에서 스물여섯살의 고
모는 동그란 배를 안고 대문 앞에 서 있었다. 총알이 고모의 하얀
이마에 박혔다. 양희은 노래를 성악풍으로 따라 부르는 걸 좋아하
는 희영이 고모의 뱃속에서 아기가, 눈을 뜬 아기가 물고기같이 입
을 벌리며 꿈틀거렸다.

*

그 사진집을 아버지가 집으로 가져온 것은 이년 뒤 여름이었다.

누군가를 조문하러 그 도시에 내려갔다가 터미널에서 구했다고 했다. 나의 어린 상상과 달리 이마에 총을 맞지도, 아직 결혼을 하지도 않은 희영이 고모가 잠깐 다니러 올라와 있었다. 어른들끼리 사진집을 돌려본 뒤 무거운 침묵이 흘렀다. 아버지는 그 책을 아이들이 보지 못하도록 안방의 책장 안쪽에, 책등이 안 보이게 뒤집어 꽂아놓았다.

내가 몰래 그 책을 펼친 것은, 어른들이 언제나처럼 부엌에 모여 앉아 아홉시 뉴스를 보고 있던 밤이었다. 마지막 장까지 책장을 넘겨, 총검으로 깊게 내리그어 으깨어진 여자애의 얼굴을 마주한 순간을 기억한다. 거기 있는지도 미처 모르고 있었던 내 안의 연한 부분이 소리 없이 깨어졌다.

*

상무관 바닥은 파헤쳐져 있었다.

마루가 뜯겨나간 자리에 드러난 검붉은 흙바닥으로 나는 내려가 섰다. 고개를 들자 강당의 사면에 뚫린 커다란 창문들이 보였다. 마주 보이는 벽에는 아직 태극기 액자가 걸려 있었다. 천장의 형광등들도 철거되지 않았다. 반쯤 얼어붙은 흙을 밟으며 나는 오른편 벽을 향해 걸어갔다. 코팅된 A4용지에 필기체로 인쇄된 문구를 읽었다. 운동할 때는 신을 벗으세요.

현관 쪽으로 뒤돌아서자 이층으로 올라가는 계단이 보였다. 오래 방치되어 먼지 낀 계단을 밟아 올라갔다. 강당이 한눈에 내려다보이는 관중석에 걸터앉았다. 입을 열어 숨을 뱉자 김이 흩어졌다. 시멘트의 냉기가 청바지를 뚫고 올라왔다. 흰 무명천에 싸인 시신들과 태극기에 덮인 관들, 울부짖거나 멍하게 앉아 있는 여자들과 아이들이 검붉은 흙바닥 위로 어른거리다 사라졌다.

너무 늦게 시작했다고 나는 생각했다.

이곳의 바닥이 파헤쳐지기 전에 왔어야 했다. 공사 중인 도청 건물 바깥으로 가림막이 설치되기 전에 왔어야 했다. 모든 것을 지켜본 은행나무들의 상당수가 뽑혀나가고, 백오십년 된 회화나무가 말라 죽기 전에 왔어야 했다.

그러나 이제 왔다. 어쩔 수 없다.

점퍼의 지퍼를 끝까지 올리고, 해가 질 때까지 여기 있을 것이다. 소년의 얼굴이 또렷해질 때까지. 그의 목소리가 들릴 때까지. 안 보이는 마룻장 위를 걸어가는 그의 뒷모습이 어른어른 비칠 때까지.

*

이틀 전 남동생의 아파트에 짐을 풀었다. 동생이 퇴근하는 대로 저녁을 함께하기로 약속하고, 저물기 전에 중흥동 옛집을 찾아갔다. 어렸을 때 떠나왔으므로 나는 이 도시의 지리를 모른다. 3학년까지 다녔던 ㅎ초등학교로 일단 택시를 타고 갔다. 정문을 등지고 횡단보도를 건너, 기억을 더듬어 왼쪽 방향으로 걸었다. 문방구가 있었다고 기억되는 자리에 아직 문방구가 있었다. 문방구를 지나 조금 걷다가 오른쪽 길로 접어들어야 했다. 몸에 새겨진 거리감을 믿으며 두번째 갈림길을 택했다. 끝없이 이어져 있던 호전 담장은 이제 없었다. 그 담장을 마주 보며 늘어서 있던 한옥들도 사라졌다. 기억에 따르면 그 길과 큰 도로가 만나는 모서리에 집 한채 너비의 채석장이 있었다. 그 채석장과 담을 끼고 있던 한옥이 내 옛집이었다. 공터나 다름없던 채석장이 아직 도심에 남아 있을 리 없으니, 끝에서 두번째 집을 찾아야 하리라.

단층집과 연립주택, 피아노 학원, 도장 파는 집을 지나 마침내 길 끝에 다다랐다. 채석장이 있던 자리에는 살풍경한 삼층짜리 콘크리트 건물이 들어서 있었다. 옛집은 헐렸고 그 자리에 조립식 컨테이너 건물이 들어서 있었다. 주방과 욕실 리모델링에 관계된 용품들—세면대, 수전, 싱크대, 양변기—을 파는 가게였다.

무엇을 나는 기대했던 것일까? 유난히 환하게 불이 밝혀진 그 가게 앞에서 나는 약속 상대를 기다리는 사람처럼 오래 서성거렸다.

*

다음 날인 어제는 일찍부터 움직였다. 전남대의 5·18연구소와 상무지구의 5·18문화재단에 갔다. 칠십년대부터 중앙정보부가 상주하며 고문이 이뤄졌던 505보안부대는 출입문이 폐쇄되어 있어 들어가지 못했다.

오후에는 ㄷ중학교에 갔다. 소년은 졸업을 못했으니 졸업 앨범에 사진이 실렸을 리 없었다. 그 학교에서 정년퇴임을 한, 아버지의 오랜 친구인 미술 선생님이 전화를 넣어주어 학적부를 열람할 수 있었다. 학생기록부용으로 찍은 그의 사진을 거기서 처음 보았다. 쌍꺼풀 없는 반달 모양의 눈이 유순했다. 턱과 뺨의 선에는 아직 유년의 흔적이 남아 있었다. 너무 평범해 누구와도 혼동될 듯한 얼굴, 눈을 떼는 순간 특징이 무엇이었는지 잊어버릴 것 같은 얼굴이었다.

　교무실을 나와 운동장을 가로질러 걸을 때 눈발이 뿌리기 시작했다. 교문 앞에 이르렀을 즈음에는 눈발이 제법 굵어졌다. 속눈썹에 눈송이가 맺히는 것을 털어내며 택시를 잡았다. 전남대학교로 가자고 했다. 5·18연구소 일층 전시실에서 비슷한 얼굴을 본 것 같았기 때문이다.

　전시실에는 여러대의 작은 PDP 텔레비전이 설치되어 있었고, 각기 다른 동영상이 반복해서 상영되고 있었다. 어느 영상이었는지 정확히 기억나지 않았으므로 모두 처음부터 다시 봐야 했다. 신역에서 발견된 청년들의 시신을 실은 리어카가 행진하던 부분에서 비슷한 중학생이 보였다. 멀찌감치 서 있던 그 소년은 울음을 터뜨릴 듯 놀란 얼굴로 시신들을 바라보고 있었다. 늦은 봄인데도 추운 듯 단단하게 팔짱을 끼고 있었다. 빨리 스쳐지나간 장면이었으므로 나는 그 자리에 서서 영상이 맨 앞으로 되돌아가기를 기다렸다. 두번, 세번, 네번 반복해서 보았다. 그 소년 역시 너무 평범해 누구와도 혼동될 것 같은 얼굴을 가지고 있었다. 나는 확신할 수 없었다. 그 시절, 머리를 깎고 교복을 입은 소년들은 모두 비슷해 보였는지도 모른다. 저렇게 순한 외꺼풀 눈은. 키가 크느라 야윈 볼과 기름한 목은.

*

구할 수 있는 모든 자료를 읽는다는 것이 처음의 원칙이었다. 십이월 초부터 다른 아무것도 읽지 않고, 글을 쓰지 않고, 되도록 약속도 잡지 않고 자료를 읽었다. 그렇게 두달이 지나 일월이 끝나갈 즈음 더 계속할 수 없다고 느꼈다.

꿈 때문이었다.

한 무리의 군인들을 피해 나는 달아났다. 숨이 턱에 받쳐 뜀박질이 느려졌다. 그들 중 하나가 내 등을 밀어 넘어뜨렸다. 몸을 돌려 올려다보는 순간 군인이 총검으로 내 가슴을, 정확히 명치 가운데를 찔렀다. 새벽 두시였다. 벌떡 일어나 앉아 손으로 명치를 짚었다. 오분 가까이 숨을 제대로 쉴 수 없었다. 덜덜 턱이 떨렸다. 울고 있었던 줄도 몰랐는데, 얼굴을 문지르자 손바닥이 흠뻑 젖었다.

며칠 뒤에는 누군가가 나를 찾아와 말했다. 1980년부터 지금까지 삼십삼년 동안 지하 밀실에 가둬둔 5·18 연행자들 수십명이 있다고 했다. 이제 비밀리에, 내일 오후 세시에 모두 처형할 거라고 했다. 꿈속의 시간은 저녁 여덟시였다. 내일 오후 세시까지 고작 열아홉시간이 남았다. 어떻게 그걸 막을까. 말해준 사람은 어디론가 사라지고, 나는 휴대폰을 쥐고 어쩔 줄 모르며 길 가운데 서 있었다. 어디에 전화를 걸어 알려야 할까. 누구에게 알리면 그걸 막을 수 있을까. 이걸 왜 하필 나에게, 아무런 힘도 없는 나에게 알려줬을까. 빨리 택시를 잡아야 했다. 하지만 어디로 가자고 해야 할까. 어디로 가서 어떻게…… 입속이 타들어가던 한순간 눈을 떴다. 꿈이었어. 움켜쥐고 있던 주먹을 펴면서, 어둠속에서 반복해서 중얼거렸다. 꿈이었어, 꿈이었어.

*

누군가에게 조그만 라디오를 선물받았다. 시간을 되돌리는 기능이 있다고 했다. 디지털 계기판에 연도와 날짜를 입력하면 된다고 했다. 그걸 받아들고 나는 '1980.5.18'이라고 입력했다. 그 일을 쓰려면 거기 있어봐야 하니까. 그게 최선의 방법이니까. 그러나 다음순간 나는 인적 없는 광화문 네거리에 혼자 서 있었다. *그렇지, 시간만 이동하는 거니까. 여긴 서울이니까.* 오월이면 봄이어야 하는데 거리는 십일월 어느날처럼 춥고 황량했다. 무섭도록 고요했다.

*

그러던 어느날, 결혼식에 참석하기 위해 오랜만에 외출을 했다.

2013년 1월의 서울 거리는 며칠 전의 꿈속처럼 황량하고 차가웠다. 예식장의 샹들리에는 화려했다. 사람들은 화사하고 태연하고 낯설어 보였다. 믿을 수 없었다, 사람이 얼마나 많이 죽었는데. 평론을 쓰는 한 선배는 나에게 왜 소설집을 보내주지 않느냐며 웃으면서 항의했다. 믿을 수 없었다. 사람이 얼마나 많이 죽었는데. 예식이 끝나고 점심을 먹으러 가자는 사람들에게 변변히 변명하지 못한 채 나는 그곳을 빠져나왔다.

*

언제 눈이 퍼부었나 싶게 맑은 날씨다. 상무관 벽면의 유리창으로 오후의 햇빛이 비스듬히 쏟아져들어온다.

바닥이 너무 차가워 나는 일어선다. 계단을 밟아내려가 출입문을 열고 강당 밖으로 나간다. 시야를 막아선 거대한 가림막을, 그 사이로 드러난 하얀 외벽의 모서리를 바라본다. 나는 기다리고 있다. 아무도 올 사람이 없지만 기다린다. 내가 이곳에 있다는 걸 아무도 알지 못하지만 기다린다.

처음 혼자서 망월동을 찾았던 스무살의 겨울을 기억한다. 묘지 언덕의 무덤들 사이를 걸으며 나는 그를 찾고 있었다. 그때까지 성은 몰랐다. 어른들의 대화에서 엿들은 이름만 기억하고 있었다. 막내삼촌의 이름과 비슷해 얼른 외워졌던, 만 열다섯살의 동호.

묘지에서 시내로 나오는 마지막 차편을 놓쳐, 시시각각 어두워지는 도로를 따라 바람을 등지고 걸었던 것을 기억한다. 한참 걷다가 오른손이 여태 가슴 왼편에 얹혀 있었던 걸 깨달았다. 심장 언저리에 금이 벌어진 것처럼. 그렇게 해야 무사하게 운반할 수 있는 무엇이 된 것처럼.

*

특별하게 잔인한 군인들이 있었다.

처음 자료를 접하며 가장 이해할 수 없었던 것은, 연행할 목적도 아니면서 반복적으로 저질러진 살상들이었다. 죄의식도 망설임도 없는 한낮의 폭력. 그렇게 잔인성을 발휘하도록 격려하고 명령했을 지휘관들.

1979년 가을 부마항쟁을 진압할 때 청와대 경호실장 차지철은 박정희에게 이렇게 말했다고 전해진다. *캄보디아에서는 이백만명도 더 죽었습니다. 우리가 그렇게 못할 이유가 없습니다.* 1980년 5월 광주에서 시위가 확대되었을 당시, 군은 거리에서 비무장 시민들을 향해 화염방사기를 발사했다. 인도적 이유로 국제법상 금지되어 있던 납탄을 병사들에게 지급했다. 박정희의 양아들이라고 불릴 만큼 각별한 신임을 받았던 전두환은, 만에 하나 도청이 함락되지 않을 경우 전투기를 보내 도시를 폭격하는 수순을 검토하고 있었다. 집단발포 직전인 5월 21일 오전, 군용 헬기를 타고 와 그 도시의 땅을 밟는 그의 영상을 보았다. 젊은 장군의 태연한 얼굴. 성큼성큼 헬기를 등지고 걸어와, 마중 나온 장교와 힘차게 악수를 나눈다.

*

그 경험은 방사능 피폭과 비슷해요,라고 고문 생존자가 말하는 인터뷰를 읽었다. 뼈와 근육에 침착된 방사성 물질이 수십년간 몸속에 머무르며 염색체를 변형시킨다. 세포를 암으로 만들어 생명을 공격한다. 피폭된 자가 죽는다 해도, 몸을 태워 뼈만 남긴다 해도 그 물질이 사라지지 않는다.

2009년 1월 새벽, 용산에서 망루가 불타는 영상을 보다가 나도 모르게 불쑥 중얼거렸던 것을 기억한다. *저건 광주잖아.* 그러니까 광주는 고립된 것, 힘으로 짓밟힌 것, 훼손된 것, 훼손되지 말았어야 했던 것의 다른 이름이었다. 피폭이 아직 끝나지 않았다. 광주가 수없이 되태어나 살해되었다. 덧나고 폭발하며 피투성이로 재건되었다.

*

그리고 그 소녀의 얼굴이 있다.

열두살의 내가 사진첩의 마지막 페이지에서 본 그 여자애는 뺨과 목이 총검에 찢긴 채, 비스듬히 한쪽 눈을 뜨고 죽어 있었다.

터미널 대합실에, 기차역 앞에 그런 참혹한 시신들이 누워 있었을 때, 군인들이 행인들을 때리고 찌르며 반벌거벗겨 트럭에 실어 갔을 때, 집에 있던 젊은이들까지 수색해 끌고 갔을 때, 도시 외곽이 봉쇄되고 전화는 불통이었을 때, 맨몸으로 항의하는 군중들을 향해 실탄이 발포되었을 때, 이십여분 만에 백여구의 시신이 도로에 널브러졌을 때, 모두 몰살될 거라는 소문이 불붙은 듯 퍼져갔을 때, 예비군 훈련장에서 구식 총기를 꺼내온 평범한 남자들이 동네 초등학교에, 하천 다리에 삼삼오오 모여 보초를 섰을 때, 썰물처럼 빠져나간 공권력을 대신해 도청에서 시민 자치가 시작됐을 때,

그때 나는 수유리 집에서 버스를 타고 학교에 다녔다. 집에 돌아오면 대문 안쪽에 떨어져 있는 석간 ㄷ일보를 집어들고, 좁고 긴 마당을 따라 걸으며 머리기사를 읽었다. 광주 무정부 상태 5일째. 사진 속의 검게 그을린 건물들. 이마에 흰 띠를 두른 남자들로 가득한 트럭. 집안 분위기는 어수선하고 침통했다. 안돼, 오늘도 전화가 안돼. 대인시장통의 외가에 엄마는 끈질기게 전화를 걸었다.

희영이 고모가 무사했던 것처럼 나는 무사했다. 일가친척 중 누구도 다치거나 죽거나 끌려가지 않았다. 다만 그해 가을 나는 생각했다. 차가운 장판 바닥에 배를 대고 엎드려 숙제를 하던 방, 그 부엌머리 방을 그 중학생이 쓰지 않았을까. 내가 건너온 무더운 여름을 정말 그는 건너오지 못했나.

　　　　　　　　　　　*

　공사 중인 도청 앞 지하도를 건너, 네온사인과 음악이 요란한 밤
거리를 거슬러 나는 걷는다. 이틀 전에 찾아갔던 대형 입시 학원에
다다른다. 일층에 안내 데스크가 있다. 학원 홍보 브로슈어와 강의
시간표, 인기 강좌의 컬러 전단지들이 데스크 앞에 진열돼 있다.
　삼십분 이상은 시간을 낼 수 없습니다,라고 어제 그는 전화로 말
했다.
　다섯시 삼십분에 제 강의실로 오세요. 양해해주십시오. 저녁을
빨리 먹고 미리 들어와 공부하는 학생이 있을 경우엔 삼십분도 대
화를 못할 수도 있습니다.

　중흥동 옛집 터에서 서성거리다가 결국 나는 리모델링용품 가게
로 들어갔었다. 연보라색 누빔 점퍼를 입은 오십대 여자가 신문을
덮고 고개를 들었다.
　어떻게 오셨소?
　어렸을 때 이 도시를 떠난 뒤로는 친족만이 이곳의 방언을 써왔
기 때문에, 이 도시에 온 직후부터 나는 낯선 이들이 친족처럼 행
동하는 것 같은 이상한 불편함과 슬픔을 느끼고 있었다.
　여기 예전에 한옥이 있었는데…… 언제 이 건물이 들어섰나요?
　내가 불편함과 슬픔을 느끼는 만큼 여자는 내 서울말에 거리감
을 느끼는 것 같았다. 깍듯한 서울말로 그녀는 되물었다.

여기 살던 사람 찾아오셨어요?

달리 대답할 방법이 없어 나는 그렇다고 말했다.

그 집은 재작년에 헐렸어요.

무덤덤하게 그녀는 말을 이었다. 혼자 살던 할머니가 있었는데 돌아가셨다더라. 워낙 오래된 집이라 세를 놓을 수 없어 아들이 집을 허물고 가건물을 세웠다. 그래서 우리가 들어오긴 했는데 목이 너무 안 좋아 이년 계약만 채우고 나갈 거다.

그 아드님을 만나보셨느냐고 내가 묻자 그녀는 대답했다.

계약할 때 만났죠. 큰 학원 강사라던데요. 그래도 벌이가 썩 좋진 않으니까 이런 가건물을 올렸겠죠.

가게를 나와 큰길을 따라 오래 걷다가 택시를 잡아탔다. 그녀가 알려준 이 학원으로 와, 홍보 브로슈어에 실린 사진들 속에서 소년의 형을 찾았다. 어렵지 않았다. 강씨 성을 가진 강사는 둘뿐이었고 그중 한사람은 이십대였다. 사진 속 중년의 과탐 강사는 도수가 높아 보이는 안경을 쓰고 있었다. 앞머리가 희끗하게 세었으며, 흰 와이셔츠에 감색 넥타이를 맨 채 정면을 응시하고 있었다.

*

미안합니다. 수업을 일찍 끝낼 생각이었는데 오히려 늦어졌네요. 앉으세요. 음료수 드시겠습니까.

그 집이 동호 가르치던 선생님 댁이었다는 건 알고 있었습니다.

저희 소식을 알고 계실 줄은 몰랐군요.

사실 고민했습니다. 나는 할 말도 없는데 만나면 뭐하나. 그러다가, 어머니가 살아 계셨다면 어떻게 하셨을까, 생각하니까.

그럼요, 어머니가 계셨다면 망설이지 않고 만났을 겁니다. 놔주지도 않고 끝없이 동호 이야기를 했겠죠. 삼십년 동안 그렇게 사셨습니다. 하지만 전 그렇게 할 수는 없습니다.

허락이요? 물론 허락합니다. 대신 잘 써주셔야 합니다. 제대로 써야 합니다. 아무도 내 동생을 더이상 모독할 수 없도록 써주세요.

*

동생이 이부자리를 깔아준 현관 옆 작은방에서 몸을 뒤척이며 밤을 새운다. 깜박 잠들 때마다 그 학원 앞 밤거리로 나는 돌아가 있다. 열다섯살의 동호가 건너가지 못한 나이의 훤칠한 고등학생들이 내 어깨를 스쳐지나간다. *아무도 내 동생을 더이상 모독할 수 없도록 써야 합니다.* 심장을 누르듯 가슴 왼편에 오른손을 얹고 나는 걷는다. 캄캄한 도로 가운데에서 얼굴들이 어슴푸레 빛난다. 살해된 사람들의 얼굴. 내 가슴에 대검을 박아넣은 살인자의 공허한 얼굴.

*

발가락 싸움을 하면 항상 내가 이겼어요.

그애는 간지럼을 많이 탔거든요.

내 엄지발가락이 그애 발에 닿기만 해도 그애는 몸을 뒤틀었어요.

꼬집혀서 아픈 건지, 간지러워서 그런 건지 알 수 없게 오만 인상을 쓰면서,

귀하고 이마까지 빨개지면서 웃어댔어요.

*

특별히 잔인한 군인들이 있었던 것처럼, 특별히 소극적인 군인들이 있었다.

피 흘리는 사람을 업어다 병원 앞에 내려놓고 황급히 달아난 공수부대원이 있었다. 집단발포 명령이 떨어졌을 때, 사람을 맞히지 않기 위해 총신을 올려 쏜 병사들이 있었다. 도청 앞의 시신들 앞에서 대열을 정비해 군가를 합창할 때, 끝까지 입을 다물고 있어 외신 카메라에 포착된 병사가 있었다.

어딘가 흡사한 태도가 도청에 남은 시민군들에게도 있었다. 대부분의 사람들이 총을 받기만 했을 뿐 쏘지 못했다. 패배할 것을 알면서 왜 남았느냐는 질문에, 살아남은 증언자들은 모두 비슷하게 대답했다. *모르겠습니다. 그냥 그래야 할 것 같았습니다.*

그들이 희생자라고 생각했던 것은 내 오해였다. 그들은 희생자가 되기를 원하지 않았기 때문에 거기 남았다. 그 도시의 열흘을 생각하면, 죽음에 가까운 린치를 당하던 사람이 힘을 다해 눈을 뜨는 순간이 떠오른다. 입안에 가득 찬 피와 이빨 조각들을 뱉으며, 떠지지 않는 눈꺼풀을 밀어올려 상대를 마주 보는 순간. 자신의 얼굴과 목소리를, 전생의 것 같은 존엄을 기억해내는 순간. 그 순간을 짓부수며 학살이 온다, 고문이 온다, 강제진압이 온다. 밀어붙인다, 짓이긴다, 쓸어버린다. 하지만 지금, 눈을 뜨고 있는 한, 응시하고 있는 한 끝끝내 우리는……

*

이제 당신이 나를 이끌고 가기를 바랍니다. 당신이 나를 밝은 쪽으로, 빛이 비치는 쪽으로, 꽃이 핀 쪽으로 끌고 가기를 바랍니다.

목이 길고 옷이 얇은 소년이 무덤 사이 눈 덮인 길을 걷고 있다. 소년이 앞서 나아가는 대로 나는 따라 걷는다. 도심과 달리 이곳엔 아직 눈이 녹지 않았다. 얼어 있던 눈 더미가 하늘색 체육복 바지 밑단을 적시며 소년의 발목에 스민다. 그는 차가워하며 문득 고개를 돌린다. 나를 향해 눈으로 웃는다.

*

　아니, 나는 누구도 무덤가에서 만나지 않았다. 잠든 동생에게 메모를 써 식탁에 놓아두고 새벽에 아파트를 나왔을 뿐이다. 이 도시에서 모은 자료들 때문에 무거워진 배낭을 짊어지고 버스에 실려 이곳으로 왔을 뿐이다. 꽃을 사지 못했다. 술도 과일도 준비하지 못했다. 찻주전자를 덥히는 작은 초가 들어 있는 상자를 동생의 싱크대 서랍에서 발견해, 라이터와 함께 세개를 집어왔을 뿐이다.

　망월동 구묘지에서 지금의 국립 신묘역으로 이장을 하고 나서부터 어머니가 이상해졌다고 그의 형은 말했다.

　날을 받아 유족들이 다 같이 이장을 했는데, 관들을 열어보니 처참했던 모습 그대로인 겁니다. 유골에 비닐이 친친 둘러져 있고, 피묻은 태극기가 덮이고…… 동호는 그래도 처음에 가족이 수습했기 때문에 유골이 얌전했습니다. 우린 무명천을 한마 끊어가서, 누구에게도 맡기기 싫어 뼈 한마디 한마디를 직접 닦았어요. 어머니가 머리 부분을 맡으면 충격이 크실까봐, 내가 얼른 집어서 이빨 하나하나까지 정성껏 닦아줬습니다. 그랬어도 그 일을 이기기가 힘드셨던가봅니다. 그때 내가 우겨서 집에 계시게 했어야 했는데.

　눈 덮인 무덤들 속에서 마침내 그의 것을 찾아냈다. 오래전에 찾았던 망월동 그의 묘에는 사진 없이 이름과 생몰 연도만 있었는데, 이제는 학생기록부에 있던 것을 확대한 흑백사진이 묘비에 붙어 있었다. 그의 오른편과 왼편 무덤은 모두 고등학생들의 것이었다. 아마도 중학교 졸업 사진일 검은 동복 차림의 앳된 얼굴들을 나는 들여다보았다. 어젯밤 그의 형은 계속해서 말했다. 동생이 운이 좋았다고, 총을 맞고 바로 숨이 끊어졌으니 얼마나 다행이냐고, 그렇게 생각하지 않느냐고, 이상하게 열기 띤 눈으로 내 동의를 구했다. 동생과 나란히 도청에서 총을 맞았으며 동생과 나란히 묻힌 고등학생 하나는 바로 안 죽고 살아 있다가 확인사살을 당했던 모양이라고, 이장하면서 보니 이마 중앙에 구멍이 뚫리고 두개골 뒤쪽은 텅 비어 있었다고 말했다. 머리가 하얗게 센 그 학생의 아버지가 입을 막고 소리 없이 울었다고 말했다.

나는 가방을 열었다. 가지고 온 초들을 소년들의 무덤 앞에 차례로 놓았다. 한쪽 무릎을 세우고 쪼그려앉아 불을 붙였다. 기도하지 않았다. 눈을 감고 묵념하지도 않았다. 초들은 느리게 탔다. 소리 없이 일렁이며 주황빛 불꽃 속으로 빨려들어 차츰 우묵해졌다. 한쪽 발목이 차가워진 것을 나는 문득 깨달았다. 그의 무덤 앞에 쌓인 눈 더미 속을 여태 디디고 있었던 것이다. 젖은 양말 속 살갗으로 눈은 천천히 스며들어왔다. 반투명한 날개처럼 파닥이는 불꽃의 가장자리를 나는 묵묵히 들여다보고 있었다.

* 이 책을 쓰면서 도움을 받은 자료들 가운데 『광주오월민중항쟁사료전집』(한국현대사 사료연구소, 풀빛 1990)과 『광주, 여성』(광주전남여성단체연합, 후마니타스 2012), 「우리들은 정의파다」(감독 이혜란), 「오월애」(감독 김태일), 「5·18 자살자—심리부검 보고서」(연출 안주식)에 각별히 감사드린다. 그리고, 내밀한 기억들을 나눠주시고 오래 격려해주신 분들께 마음 깊이 감사드린다.